타향에서

타향에서

초판 1쇄인쇄 2021년 7월 28일
초판 1쇄발행 2021년 7월 30일

저　자 박정진
발행인 박지연
발행처 도서출판 도화
등　록 2013년 11월 19일 제2013 - 000124호
주　소 서울시 송파구 중대로34길 9-3
전　화 02) 3012 - 1030
팩　스 02) 3012 - 1031
전자우편 dohwa1030@daum.net
인　쇄 (주)현문

ISBN ǀ 979-11-90526-42-5 *03810
정가 10,000원

도화道化, fool는
고정적인 질서에 대한 익살맞은 비판자,
고정화된 사고의 틀을 해체한다는 뜻입니다.

타향에서

박정진 시집

문학저널

自序

존재론 시에 대하여

　시는 근본적으로 일상어의 타성(관습)을 은유隱喩
라는 기법(시적 형상화)으로 해체함으로써 진정한 존
재(존재론)의 세계로 안내하는 언어예술이다. 따라
서 시는 존재론철학에서 흔히 말하고 있는 존재의 은
적(隱迹, 隱閉)을 은유隱喩로 드러내는 작업이다.

　은적과 은유는 '숨을 은隱'자에서 공통의 뿌리를
가지고 있다. 은적은 존재의 숨어있음을 말하는 것이
고, 은유는 숨어있는 존재를 드러내는 것을 말한다.
양자 사이에는 가역왕래가 성립한다. 이러한 점에서
대부분의 시적 작업 자체가 철학적으로는 본래존재
에 도달하는 노정路程이라고 할 수 있다. 시인은 본래
존재와 더불어 사는 족속들이다.

　이 시집은 '존재의 시' 54편과 '욕망의 시' 14편 등
모두 77편의 시를 모았다. 나의 12번째 시집이다. 나
는 그동안 『해원상생, 해원상생』(지식산업사, 1990)
73편, 『시를 파는 가게』(고려원, 1994) 48편, 『대모

산』(신세림, 2004) 73편,『청계천』(신세림, 2004) 58편,『먼지, 아니 빛깔, 아니 허공』(신세림, 2004) 84편,『독도』(2007, 신세림) 124편,『한강교향시』(신세림, 2008) 134편,『거문도』(신세림, 2017) 134편, 그리고 전자시집『한강은 바다다』,『바람난 꽃』.『앵무새 왕국』과 아직 세상에 드러내지 않는 시편을 합치면 등 1천여 편의 시를 썼다.

이 시집의 제목을『타향에서』로 한 까닭은 나이가 들면서 점점 고향 잃은 것 같은 심정과 기분을 저버릴 수 없기 때문이다. 누구나 타향에 살고 있다는 마음에 빠져본 경험이 있을 것이다. 그렇지만 참으로 이상하게도 나의 고향은 반드시 내가 모르는 누군가의 타향이고, 나의 타향은 누군가의 고향일 것이다.

내가 그동안 발표한 시 가운데 '대모산'은 강남구 대모산에 시탑으로 세워졌고(2002년 5월 13일), '독도'는 현재 울릉도 독도박물관 야외박물관에 시비로 세워졌다(2008년 9월 9일). 이번 시집의 제목이 된 '타향에서'는 경기도 연천군 '종자와 시인' 박물관 야외공원에 시비로 세워졌다(2019년 6월 6일). 이 시집은 '타향에서' 시비 세움을 기념하는 시집이기도 하다. '종자와 시인' 박물관 신광순 관장님에게도 감사를 드린다.

사람으로 태어나서 시인으로 살아가는 삶만큼 뜻깊은 것은 없을 것이다. 시인은 은유를 통해 사물의 신비神祕와 은밀하게 소통하는, 시공간을 초월하는 특혜特惠를 누리는 족속들이다. 그러면서 동시에 시인들은 인생이라는 축제장의 희생犧牲이기도 하다. '특(特=牛+寺)'이라는 말 자체가 특별히 희생되는 소(牛)를 뜻한다. 동서 문명의 성인聖人의 말씀은 바로 시인의 마음으로부터 출발했을 것이라고 해도 과언이 아니다. 모든 경전의 자구들은 시라고 해도 틀린 말이 아니다. 인류는 오래 동안 경전을 암송하면서 살아왔다.

시가 좋아서 박목월 선생님을 찾아간 젊은 날을 추억하면 나는 바로 20살의 까까머리 청년으로 돌아간다. 그저 감사하고 고마울 뿐이다. 제 자신의 삶에 대한 아쉬움은 늙어가는 자의 다반사이리라.

그동안 여러 호를 사용하면서 시와 산문을 써온 것이 백여 권을 넘었다. 그래서 "백 권의 책, 천편의 시"는 나의 이름 앞에 붙어 다니는 접두어가 되었다. 그동안 내가 즐겨 써온 호號의 궤적을 보면 지난 세월이 연대기처럼 흘러간다. 기억이란 참 신비스럽다.

참고로 각종 시집과 저술에 사용된 호를 시간의 순서대로 상기해 보았다. 華山, 守園, 中子, 文遊, 大朴檀君, 大母山人, 道農, 玉潭, 心中, 交河 등이다. 최근에는 철학서에는 心中, 시집에는 玉潭을 주로 쓰고 있다.

옥담玉潭이라는 호는 평소 서화담을 흠모하는 내 마음을 알아차린 불한티不寒嶺 친구가 붙여준 호이다. 옥광(이달희 시인), 옥과(손병철 시인)가 그들이다. 옥玉자 돌림이다.

이 시집은 나의 '철학적 시집'이다. 한국의 자생철학 수립을 위해 20여년을 보낸 나로서는 이제 시와 철학이 하나가 된 형국이다. 동양철학은 서양철학에 비하면 본래 '시詩철학'이었다. 이 시집은 어쩌면 시로 쓴 철학이라고 할 수 있기에 감정표출보다는 관조와 절제를 근본정서로 삼았다.

이 시집을 '심중학당心中學堂' 철학공부 멤버인 서석완, 임성묵, 황우덕, 구자호, 김유희, 김재석, 서만석, 허성식, 이병구, 신상득, 이현숙, 이영철, 조동열, 석일징, 이왕호, 문윤홍, 우종춘, 조형국, 이진화, 유진주, 김정미, 오영심, 이혜경, 오진채, 주성빈, 김선희 님에게 바친다.

또 오우회(대구고등학교 9회) 멤버 오걸수, 강영기, 현경석, 김시하, 그리고 최근 한국문화예술회관연합회(코카카)이사장에 취임한 권기찬님(전웨어펀그룹회장), ㈜템프업 이규상 회장님을 비롯, 직원들과 출간의 기쁨을 함께 하고자 한다.

　현대시 동인으로 함께 활동했던 고명수, 허창무, 김인희, 최춘희, 장경기, 유희봉, 신미균, 김재혁 등 여러 시인님들에게도 그간 소원했던 사정을 대신 시집으로 안부를 전한다. 심정문학회 이길연 회장, 고정원 시인 등 회원들에게, 글벗문학회 최봉희 회장, 수필가 전현자님 등 여러 회원들에게도 시심을 띄운다. 그리고 지난 4월 첫 인문탐사로 '풍도'를 함께 탐사했던 문학저널답사팀 이창식 시인, 강석근 박사 등 여러분에게도 안부를 전한다.

　월간 '차의 세계' 최석환 대표, 공종원 편집위원, 장효진 디자이너, 그리고 최근 '차의 인문학' 출판기념회에 함께 했던 최윤기 이사장(前통일교유지재단), HJ천주천보수련원 이기성 원장, 이명관 부원장, 조성태 가정연합본부총무처장, 박상선 천원교회교구장, 피부호한옥마을촌장, 가평군 청심다도회 조선화 회장 등 회원들과도 시정을 나누고싶다.

최종표 무예신문 사장을 비롯해서 태기도 창립멤
버인 최종균, 송성용, 신상득, 김영섭, 그리고 본국검
예 임수원, 김광염, 임종상, 김동훈, 임금자, 장영민
등에게도 시를 짓는 무문겸전의 무예인이 될 것을 소
망해 본다.

　　우리 시대의 새로운 선비상을 추구하는 인문학그
룹 문경聞慶 불한티 멤버인 이달희 시인, 손병철 박
사, 김영원 조각가, 김주성 총장, 이민 건축가 등에게
도 시심을 전한다.

　　이 시집 초고의 독자가 되어준 심중학당 이현숙님
에게 특별히 감사를 드린다. 이 시집을 펴내도록 배
려한 문학저널 김성달金成達 편집주간과 편집위원 이
형우李瀅雨 시인에게 감사를 드린다.

　　　　　2021년 7월 7일 파주 통일동산 우거에서
　　　　　心中 玉潭 박 정진

차 례

제2부_욕망의 시

제1부

존재의 시

타향에서

내 고향이 당신에겐
타향인 줄 이제야 알았습니다.
내 사랑이 당신에겐
낯설음인 줄 이제야 알았습니다.
타향을 살다간 당신을 사랑하며 때늦게 살라하니
별빛처럼 아득하기만 합니다.
하루가 평생이 되고
사랑이 용서가 되길 바랄 뿐
별빛을 받으며 밤새 낯선 편지를 쓰면
하얀 백지를 뚫고 주체할 수 없는
부끄러움이 샘물처럼 솟아오릅니다.
밤이 왜 낮과 번갈아 숨 쉬는가를
새벽에야 알았습니다.
평화란 용서의 씨앗이자 결실이라고
여명은 속삭여줍니다.
여정이 끝나는 날까지
홀로 남은 나그네는

먼 지평地平을 서성이며

샘물 같은 편지를

당신의 하늘가에 띄울 작정입니다.

(2019년 7월 10일)

자유로를 달리면

1

자유로를 달리면
철조망너머 노을이 아름다워 눈물짓는다.
자유로를 달리면
철조망너머 새들이 부러워 눈물짓는다.

수많은 길 가운데
하필이면 이 길을 달리는 운명 앞에
말없는 하늘을 응시한다.
끝없이 새 길을 여는 자유로를 달리며

짐짓 막혀있음이 하늘의 뜻이런가.
스스로 벽을 허무는 길 위의 길
더 이상 건너지 못하는 '자유의 다리' 앞에서
절망의 나래를 감춘다.

노을은 왜 이다지도 붉어서

남의 애를 녹이고
새들은 왜 저다지도 자유로워서
날개 짓을 멈추지 않는가.

길은 막혀있을지라도
노을처럼 머물고 싶다.
길은 막혀있을지라도
새처럼 날고 싶다.

2
자유로를 달리면
어느새 한강이 함께 달린다.
자유로를 달리면
어느덧 몸체로 비상하고 만다.

하고많은 이름 중에 어찌

'자유'라는 이름을 받아
세찬 바람을 안고 설레면서
길 위의 길로 날아오르는가.

날아오르는 자에게는
철조망은 장벽이 되지 못한다.
달리는 자에게는
철조망은 성긴 그물에 지나지 않는다.

바다를 닮은 교하交河는
임진강을 만나 서해로 용틀임하네.
자유로의 끝에는 '만남의 광장'이 있다지.
자유로의 끝에는 '통일각'이 있다지.

자유는 만나기 위한 준비운동
슬픔은 얼싸안기 위한 예비동작
인생은 하나 되기 위한 비상훈련

죽음은 하나로 돌아가는 지상착지

(2019년 10월 27일 새벽에서 10월 28일 새벽사이)

아름다운 막달라 마리아

막달라 마리아는 이미 알았다.
예수의 깨달음을, 목마름을
막달라 마리아는 이미 체념했다.
눈에 보이는 세계를, 역사를
더러운 몸을 던져
나사렛의 한 시골뜨기 사내를
살렸다. 구했다.

막달라 마리아는 부활할 줄 알았다.
예수의 죽음을 미리 보았기에
한 사내의 부활하고자 하는 열망을
그저 품어줄 줄 알았다.
발에 향유를 바르고 입을 맞출 때
그것은 이미 죽음의 신호
그녀는 별을 따서 예수의 이마에 붙여주었다.

막달라 마리아

가장 아름다운 창녀

가장 아름다운 수녀

가장 아름다운 여인

막달라 마리아

육체를 가장 값비싸게 쓴

위대한 연출가

길에서는

길에서는 길이 보이지 않는다.
오고가는 발걸음만 부산할 뿐
항상 눈 없는 안개가 자욱하다.

길에서는 신도 걸어가는 신이다.
땅, 물, 불, 바람소리뿐
간간히 영혼은 영원의 냄새를 풍긴다.

길에서는 너와 내가 불분명하다.
열리는 길에 대한 기대감뿐
경계를 넘어 얼굴들은 하나로 빛난다.

길에서는 스치는 존재들은 계산을 못한다.
최대공약수나 최소공배수로 증발할 뿐
신도 장승처럼 우두커니 서 있다.

길에서는 언제나 어머니를 떠올린다.

어머니는 귀 기울이고 있고
아버지보다 늘 내게 가깝다.

길에서는 늘 앞으로 나아가지만
한쪽에선 돌아갈 것을 생각한다.
신도 아무 말 없이 돌고 돈다.

길에서는 모두가 하나인 까닭에
시간을 잃어버렸을 땐 공간에서 물어보고
공간을 잃어버렸을 땐 시간에게 물어본다.

구두가 주인을 잃었다

구두가 주인을 잃었다.
어느 날 새벽 갑자기
하늘에선 샛별이 떨어졌다.
개수대에서 울먹이는 몇몇 피붙이
우린 그렇게 울음을 이어가며 살았다.

세상이 갑자기 축 쳐졌다.
후줄근하게 걸린 넥타이, 옷가지
주인을 동여매고 감싸던 것들도
일시에 명분을 잃었다.
놀란 눈동자들이 메아리쳤다.

날마다 고함치던 책들도 길을 잃었다.
밤늦도록 펼쳐졌던 책갈피
날줄씨줄 사이로 천둥이 일었다.
일기예보를 하지 못하는 천문대
주인 잃은 강아지처럼 허둥댄다.

하늘과 땅도 생기를 잃었다.
아니, 잠시 생기를 잃은 척하겠지.
떠나야 할 것은 떠나야 한다.
태어날 것은 태어나야 한다.
함께 죽을 것 같던 노예들의 곡성哭聲

생기 잃은 책가방,
먼지, 빛깔, 소리
나무아비타불 관세음보살
염불하는 자 누구인가.
허수아비들이 늘어서 있다.

사랑은 어디에 있나

사랑은 어디에 있나.
어느 길에서 잃어버렸는가.
세계는 모두 말로 변해
말, 말, 말, 말
어지러운 말뿐일 뿐.

빈 그릇을 든 채
누구를 기다리는가.
무엇을 아쉬워하는가.
무슨 과일을 담으려고
온종일 우두커니 서 있나.

사랑은 어디에 있나.
쭉정이뿐이로구나.
알맹이들은 쪼개져
본 모습을 잃어버렸구나.
알맹이를 아는 시인이고 싶다.

사랑은 어디에서 잃어버렸는가.

인간은 어디로 다 숨어버렸는가.

허수아비라도 잡고 하소연하고 싶구나.

어느 산모롱이 장승이

왜 우두커니 서 있는지 알 것 같구나.

처용, 바보처럼 춤추는 사랑이여!

1

처용, 바보처럼 춤출 줄 아는 사랑이여!
예부터 악마는 이브를 좋아했지.
이브에겐 본래 주인이 없네.
주인이 없기에 네가 주인이 될 수 있었지.

처용, 바보처럼 춤출 줄 아는 사랑이여!
예부터 역신疫神은 아름다운 여인을 좋아했지.
아름다움은 항상 열려있는 것
주인은 아름다움에서 저절로 생기는 것

처용, 바보처럼 춤출 줄 아는 사랑이여!
아름다움을 아는 자만이 참함을 먹네.
아름다움을 아는 자만이 착함을 먹네.
아름다움을 아는 자만이 참됨을 먹네.

처용, 바보처럼 춤출 줄 아는 사랑이여!

역지사지易地思之하는 자만이 세상을 아네.
역지사지하는 자만이 용서容恕를 할 수 있네.
처용處容은 용서에 처處할 수 있는 자라네.

처용, 바보처럼 춤출 줄 아는 사랑이여!
역지사지하는 자만이 춤출 수 있네.
역지사지하는 자만이 노래할 수 있네.
역신疫神은 너처럼 역신逆身이라네.

2
풍요로우면 여인은 자유로워지는가.
여인은 본래 스스로 존재, 누구의 소유도 아니지.
지혜로운 남자, 사람 좋은 남자, 처용이여!
어찌 천 년 전에 서방질하는 아내를 두었나.

역신疫神은 예쁜 여인만을 찾아다니지.

예쁜 아내는 홀로 버려두지 마.
풍류에 빠져 새벽에 돌아온 넌 바람둥이
긴긴 밤이 아내는 외로웠네.

그대가 춤추고 노래하며 돌아 나온 건
세상에 가장 잘 한 일
그대는 진정 풍류남風流男일세.
풍류여風流女도 서방님을 닮았네.

그대가 밤늦도록 노는 동안
아내는 요조숙녀로 밤을 꼬박 새웠네.
역신이 본 것이지. 네가 좋은 것은 아내도 좋은 것
역지사지易地思之 노래로 달랠 수밖에.

만사가 역지사지, 서로 자리바꿈이로다.
달밤은 누구에게나 아름답지.
아름다움에는 언제나 안타까움도 있는 법

풍류객 처용아, 아내는 풍류객의 아내답구나.

3
달밤이 좋아, 달밤엔 술이 좋아
술 못 먹는 아내는 다른 님을 보았네.
다른 남자는 언제나 역신疫神이지.
역신보다 더 징그러운 원수 놈이지.

그대는 재빨리 원수를 사랑할 줄 알아
아름다운 노래로 위기를 모면했네.
아름다운 아내는 혼자 버려두면 안 되지.
아름다움은 무릇 공유되는 운명

도시의 달밤은 술에 취해 잦아들고
달밤에는 생명의 환희가 있네.
술이 있으면 노래가 있고

노래가 있으면 술이 있네.

남편이라고 마음대로 하고
아내라고 순종할 수 없네.
서로가 서로에게 잘 할 수밖에
부부가 유리한 것 가까이 있다는 것뿐.

남편이 안으로 시인이면
아내는 안으로 망부석
남편이 방정한 시인이면
아내는 방정한 요조숙녀

4
여자는 붙박이, 남자는 떠돌이
여자는 안주인, 남자는 바깥주인
남자는 밖에서 사냥하고

여인은 집에서 살림했네.

처용處容!

그대도 낯선 자로 세벌[1]에 들어오지 않았나.

처용處容! 그대 이름은 그대의 운명

이미 용서容恕가 숨어 있네.

처용, 그대 이름에 아름다운 얼굴이 숨어 있네.

처용, 그대 이름에 아름다운 아내가 숨어 있네.

용容은 얼굴이면서 계곡의 입(口)

용容은 얼굴이면서 만인의 그릇(容器)

달빛은 여인을 꿈꾸게 하지.

달빛의 여인은 뇌쇄적이지.

---

1 신라의 서울 경주, 당시 동경을 의미한다. 현재의 서울도
실은 새벌, 서라벌에서 유래됐다. 새벌은 수풀에서 유래됐
다고 한다.

달빛은 여인은 안개처럼 속삭이지.
달빛에 여인은 이슬처럼 반짝이지.

나의 처용이시여!
당신의 그릇으로 만족했던 나날이여!
당신의 뜻을 바라보면서 즐거웠던 나날이여!
당신의 즐거움을 기쁨으로 생각했던 나날이여!

5
아름다운 아내는 기다리다 못해
달 밝은 밤에 거리에 나와 눈이 맞았지.
새벽에 제 집에서 서방질을 보는 순간
즉시 체념하고 노래를 불렀지.

아, 세벌 발기 다래, 가라리 넷이로세.
보아하니, 그대는 제대로 풍류를 아는 남자였군.

용왕의 아들이라고 한 것은 이국적이었다는 것
잘 생긴 용모이니 어찌 다른 여인이 그냥 두었겠
는가.

어제나 오늘이나, 내일이나
삶은 언제나 같은 것, 남녀는 언제나 같은 것
내가 좋으면 남도 좋은 것이고
내가 싫으면 남도 싫은 것이네.

그 옛날 신라의 풍요와 화려를 말하는 노래여!
처용! 오늘의 남자에 딱 들어맞는 노래로구나.
기다리다 지친 여인은 집에서 다른 남자를 보았고
바람둥이 남편은 아무 말도 못하고 춤추고 노래했네.

6
처용아, 아내가 왜 문패를 달아준 줄 아는가.

술 먹더라도 밤늦게라도 돌아오라는 것이다.
사냥 나가더라도 반드시 돌아오라는 것이다.
하늘입네 하고 진종일 도시를 흘러 다니지 말라.

여인은 성소聖所
여인은 저마다 제 몸의 성소聖召
성소는 성소性巢, 성소는 성소姓所
그대 문패를 달았다고 해서 그대 것이 아니다.

처용아, 문패에는 남자의 이름이 있어도
집은 여자의 집, 남자는 떠돌이
여자는 스스로 집이기에
집을 떠날 수도, 바꿀 수도 없다.

처용아, 너는 풍류를 좋아하지만
아내는 네 사랑을 기다리다 지쳤다.
만약 네가 노래 부르고 참지 않았으면

쫓겨났을 것이다. 쫓겨났을 것이다.

7

처용아, 최악의 순간에 활연대오豁然大悟 했구나.
세벌 달 밝은 밤에 휘영청 신라는 아름다웠구나.
달빛은 비단처럼 도시를 수놓았구나.
역신도 제법 괜찮은 사내였구나.

아내는 보는 눈이 있었지.
얼마나 홀딱 빠졌으면 제 집에
역신을 남몰래 들였겠니.
실로 아내는 처용의 무서운 적수로다.

아내의 바람이 그대를 용서자로 만들었구나.
여자는 한 남자의 소유가 아님을 깨달았구나.
주인과 노예는 항상 바뀔 수 있는 법

처용이 물러나자 역신은 무릎 꿇고 용서를 빌었구나.

"제가 공의 아내를 사모해 오늘 밤 범했습니다.
그런데도 공은 성난 기색을 보이지 않으니 참으로
감복했습니다. 맹세하건대 이후로는 공의 모습을 그
린 화상만 보아도 그 문 안에는 들어가지 않겠습니
다."

처용아, 용기와 용서가 그대를 신격으로 만들었다.
그대 화상만 보아도 역신은 도망가니
바로 용서란 용서 못할 것은 용서하는 것
처용處容, 용서하는 자의 신神.

8
천지도 바뀌는데 용서 못할 것이 뭐 있겠니.
처용아, 만사는 흘러가는 것

사랑도 흘러가는 것, 원수도 흘러가는 것
흘러가는 것만큼 진실이 없다.

진리는 언제나 쌍둥이처럼
한 배 속에 닮은 둘이
서로 맞닿아 있는 것
배 속을 나올 때는 항상 선후先後가 있지.

진리라는 것이, 신이라는 것이
모두 흘러가지 않으려고 발버둥치는구나.
흘러가는 것의 아류여! 흘러가는 것의 껍데기여!
흘러가는 것을 둘러싸고 있는 존재여!

흘려보내지 못하는 어리석은 자여!
세벌 밝은 달빛보다 아름다운 달빛이 있을까.
개운포의 안개는 가슴을 열어젖히고 흘러간다.
본래 제가 없어 사라지는 데에 익숙한 안개여!

처용아, 너는 단순한 풍류객이 아니로구나.

제 사랑이 소중하니 남의 사랑도 소중하구나.

바보처럼 춤출 줄 아는 사랑이여!

바보처럼 춤출 줄 아는 사랑이여!

시와 철학

시는 숨어있는 것을 드러내는 은유
철학은 숨어있는 것을 드러내는 현상

은유는 존재의 실재를 드러냄
현상은 존재의 실체로 드러남

시는 어머니를 닮아 딸과 같고
철학은 아버지를 닮아 아들과 같네.

서로 방향과 깊이는 달라도
서로 보완됨으로써 존재라네.

플라톤은 철학과 시에 울타리를 쳐 갈라놓았지만
니체는 울타리를 도로 거둬 시철詩哲이 되었네.

시와 철학이 함께 있는 철학은 존재론
시와 철학이 장벽을 친 철학은 현상학

진정한 깨달음

진정한 깨달음은 어디에 있나.
태어나면서부터 지혜로운 족속이여!
노자의 기쁨과 슬픔을
노자의 검소함과 겸손함을
고스란히 감춘 그대여!
그대가 태어날 때
이미 질투와 전쟁은 끝났다.

진정한 깨달음은 어디에 있나.
태어나면서부터 치장하는 족속이여!
태어날 때부터 살갗을 질투하는
아름다움의 진실을 아는
창조의 비밀을 아는 그대여!
그대가 평화를 부르짖을 때
이미 고통과 전쟁은 끝났다.

빗소리, 종소리

빗소리, 종소리
비가 종이 되고
종이 비가 되어 흐르네.

빗소리, 빛 소리
비가 빛이 되고
빛이 비가 되어 흐르네.

빛 소리, 종소리
종소리, 빗소리
만물의 아우성

침묵 너머 작은 생명들의 울음
웅해, 웅해
멍멍, 삐약삐약

그 너머 낯선 하늘울음

하늘구멍 뚫어진 자리
뇌성벽력, 장대 같은 빛 소리

어디선가 들려오는
직녀織女의 비파琵琶소리
몰래 움 트는 소리

합정合井에서 교하交河까지

1.

합정合井에서 버스를 타고

집을 오가는 것이 노년의 내 일과

그 하늘 길, 아스라한 길

그 옛날 하늘 북두칠성에서 교하交河까지

은하를 닮은 교하는 지상에서 흐른다.

하늘에 땅에 우물이 있어

생명이 탄생하고

남녀가 탄생하고

서로 의기투합한 수많은 날들

생사의 비밀을 숨긴 강들의 수많은 흐름

하늘의 물은 지상에 내려

금강산 비로봉 금강천에서 발원하여

태백의 검룡소에서 발원한 북한강을 만나 하나가

된다.

북한강은 다시 조양강에서 발원한 남한강을
팔당에서 만나 한강이 된다.

강은 언제나 바다가 될 꿈을 꾼다.
그 해인海印의 꿈을
한강은 북에서 흘러온 임진강을 만나
교하에서 용틀임을 하면서
마지막 승천할 용꿈을 꾼다.

2.
교하는 은하銀河되어
그 옛날 용자리 북두칠성과
작은곰자리 북두칠성의 합정을 거쳐
멀고 먼 내 고향 의성義城 옥정玉井으로 돌아간다.
내 몸속에 핀 하늘과 땅의 흔적이여!

하늘바다는 언제나 별들로 반짝인다.

별들의 섬을 흐르는 은하는
내가 사는 교하를 거쳐 하늘바다로 흐른다.
땅에는 교하, 서해바다
하늘에는 은하, 하늘바다

하늘 우물에서 태어난 우리는
하늘 우물로 다시 돌아간다.
칠성판 위에 몸을 누인다.
하늘과 땅, 별들의 긴 여행을 마친다.
내일 다른 별들의 여행을 꿈꾸며

강은 언제나 바다가 될 꿈을 꾼다.
흐르는 자의 욕망이여!
슬픔도 꿈을 없애지는 못한다.
오늘 밤도 교하에서 꿈을 꾼다.
북두칠성이 되는 용의 꿈을

그저 선물일 수밖에

눈뜨니 살아있네.
꽃의 눈짓
새들의 지저귐
그저 선물일 수밖에.

눈뜨니 살아있네.
누군가 아침먹자고 하네.
누군가 음악을 들려주네.
그저 선물일 수밖에.

눈뜨니 살아있네.
신기한 세계
만화경 같은 세계
그저 선물일 수밖에.

아내라는 사람은
천사도 아닌, 악녀도 아닌

가장 오래 길을 함께 간 친구일세.

그저 선물일 수밖에.

있다는 것에 대한 명상

시간도 기억입니다.
누군가가 무엇을 재려고 만든 것이지요.
언제 시간이 있었습니까?
언제 내가 있었습니까?
누군가가 무엇을 말하려다 보니
내가 있게 된 것이지요.

도대체 어디에 있다는 것입니까?
흘러가는 것에, 소리 나는 것에
역사는 시간에 속을 수밖에 없습니다.
왜? 역사이니까요.
나는 나에게 속을 수밖에 없습니다.
왜? 나니까요.

나의 밖이라고 생각한 것도 나니까요.
나의 안이라고 생각한 것도 나니까요.
괜히 안과 밖을 구분한 것이지요.

괜히 나와 세상을 구분한 것이지요.

나는 아무 것도 말할 수 없습니다.

단지 열심히 살았다는 말밖에!

(2013년 3월 26일)

기억의 우주

먼 옛날, 내가
소리였던 시대를 회상한다.
존재들은 가볍게 날개를 달았고
별들도 궤도 없이 날라 다니느라 바빴다.
명멸하는 별빛을 따라 중력은 없었다.

나는, 지금
왜 무거운 짐을 지고 사는가.
어둠의 뭇별들은 춤추기를 멈추고
태양이 빛을 발하자 중심이 들어섰다.
오래 전에 시조새와 공룡이 지층에 박혔다.

난, 그녀에게 백지의 전율을 느끼고 있다.
사냥꾼의 눈을 부라리고 입맛을 다신다.
피 냄새 맡으며 페니스의 글을 쓴다.
빛나는 그녀는 숲속에서 귀를 쫑긋한 채
관세음보살처럼 노래를 듣고 있다.

넌, 멸종을 열망하는 미친 원숭이
마니(money), 많이 신神을 움켜쥐느라
스스로 포박된 두개골용량 큰 원숭이
눈으로 보고 손으로 잡고 머리를 굴려온
힘을 사랑한, 자기기만적 동물의 운명애여!

햇빛과 별빛은 다시 바람소리로 돌아갔다.
그녀는 다시 발가벗은 채 원시림으로 들어갔다.
중력은 다시 짐을 덜고 날개를 달았다.
별들은 다시 혼돈의 자유를 누리기 시작했다.
뇌腦공룡의 멸종소식이 바람결에 전해졌다.

모든 여성의 수태는 무염수태이다
—무염수태(無染受胎)에 대한 모계사회적 변명

1.

모든 여인의 수태는 무염수태
감히 누가, 무슨 티끌이
신성한 육신을 오염시킨단 말인가.

모든 여인의 수태는 신성수태
잉태하자마자 빛의 아우라에 휩싸이는
생명의 부름, 태초의 신비

홀로 지상을 떠돌다 버려진 끝에
끝내 고독 속에서 승천한 여인은
불현 듯 홀린 듯 잉태를 했네.

남산만한 배를 내밀고 으스대는
여신의 행차는 어떤 왕후보다 찬란한
신의 점지點指, 시나이 산의 계시

2.

오직 신만이 아는

생명의 방, 비밀열쇠를 건네받은

복 많은 여인, 은총이 가득한 마리아

이 순간, 남자는 없다.

모든 것은 하늘로부터 떨어진

생명나무의 신령스러운 열매들

여인은 오로지 혼자 힘으로

존재의 가장 구석진 자리를 찾고

구유를 놓을 자리에 입명立命한다.

끝내 침묵과 겸양 속에서 기뻐한다.

주께서 함께 계시니 여인 중에 복되시다.

그날 그녀는 신을 발견했다. 아들에게서

모든 남성의 깨달음은 무루열반이다

─깨달음에 대한 부계─가부장사회적 변명

1.

모든 남성의 깨달음은 무루열반

감히 누가, 무슨 권력이

신성한 깨달음에 이의를 제기한단 말인가.

모든 남성의 깨달음은 신의 비밀을 아는 것

깨닫자마자 제로(0)로 떨어지는

백척간두의 절규, 신의 목소리

홀로 떠돌다 지상의 끝에서

갑작스런 깨달음에 빠진 수도자는

광휘에 휩싸이며 접신을 했네.

가시밭길의 종착지에서

지상의 왕이 되어 왕 중 왕을 노래했네.

신에게 낙인찍힌 불쌍한 자, 고귀한 자

2.
오직 자신만이 아는
비밀의 천부天符를 건네받은
죄 많은 남자, 가시면류관의 예수여

이 순간, 하느님은 없다.
모든 지상으로부터 솟아난 것들에서
신불神佛을 발견한 고독한 남자

남자는 혼자 자신의 토굴을 파고
하늘과 교신할 별자리를 찾고
기약도 없는 용맹정신에 들어간다.

몸속에서 천지가 하나로 역동易動하니
남자 중에 운 좋은 남자로다.
그날 그는 신을 발견했다. 자신에게서—

이순耳順

적당하게 귀 멀고
적당하게 눈 멀으니
마음엔 언제나 보름달 둥실 떠있네.
대문은 열려 있어
누가 들어와도 손님이 되네.

송곳 같던 젊은 날
촛불처럼 스스로를 태우던 우리
상처가 얼마나 깊었던가.
그림자가 얼마나 짙었던가.
이제 모두 잊어 편안하네.

이제 홀로 환상에 젖어
히죽히죽 웃어도
왜 웃느냐고 묻는 이도 없네.
세상 물정物情에 어두우니
홀로 심정心情을 바라볼 일만 남았네.

귀먹고 눈멀어도 더욱 또렷해지는

아버지와 어머니

어느 날 갑자기 내 품에

손자손녀를 끌어안네.

세상에 재롱떠는 손자손녀밖에 없네.

광화문光化門의 단군
— 2019년 11월 17일 아침에

광화문에 단군이 내려왔다.

광화문에 아침이 밝았다.

광화문에 하느님이 내려왔다.

광화문에 부처님이 내려왔다.

신선되소서.

성불하소서.

구세주 되소서.

하나님 되소서.

광화문에 혁명이 일어났다.

사람들은 저마다 일어섰다.

사람들은 저마다 눈을 떴다.

사람들은 저마다 자신이 되었다.

내 안의 절대

내 안의 절대
사람들은 말하지
그것이 밖에 있다고

내 밖의 절대
사람들은 말하지
그것이 안에 있다고

하나의 절대는 다른 절대를 부르는 것을
하나의 절대는 반대의 절대를 부르는 것을
급기야 끝없는 무한대의 절대

대지는 지평선
바다는 수평선
산들은 스카이라인

나의 시선이 머무는 곳

절대는 상대를 품고 똬리를 틀고 있네.
절대ー상대를 벗어난 존재의 자유여!

천상천하유아독존
절대유, 절대무
유무가 상생하는 음양천지

불안보다는 믿음이 먼저네.
생각보다는 몸이 먼저네.
몸으로 통하는 존재여! 물이여!

죽음은 미래의 다른 이름
영원은 시간의 다른 이름
섹스는 이 둘의 불꽃생멸

너의 아름다움을 맛보며

이제 더 이상 요구하지 않을 것이다.
지금 그대로 가만히 쓰러져
버려질 대로 버려진 너처럼

시시각각 빛나는
찬란한 너의 아름다움을 훔쳤는데
왜 다른 보석을 찾아야 하나.

이제 더 이상 요구하지 않을 것이다.
반사됨으로 인해 제 각각 빛나는
온전한 생명, 태양, 그리고 먼지

아름다움은 모든 곳으로 통하는 길
굳이 만들려고 하면 달아나는 것들
신령처럼 다가오는 것을 기다릴 수밖에

시를 쓰는 순간, 시를 놓쳐버린다

시인은 시를 쓰는 순간, 시를 놓쳐버린다.

여인은 먹는 순간 아름다움을 놓쳐버린다.

인생은 살만하다고 생각할 때 놓쳐버린다.

진정한 인생은 놓쳐버리는 것, 죽는 것

진정한 아름다움은 그대로 두는 것

물빛을 보고 물을 먹지 말고

살빛을 보고 살을 먹지 말라.

시인詩人은 살짝 훔치곤 시치미를 떼지.

성인聖人은 살짝 베끼곤 돌려주지 않지.

제 자리에 돌려주는 시인, 성인 어디 없소.

불행하게도 그런 시인은 결코 기록될 수 없다.

불행하게도 그런 성인은 결코 기록될 수 없다.

완전한 그대는 누구인가

영원히 시들지 않는 뮤즈의 여인 어디 없소.

뮤즈여, 알 수가 없다.

문門

내가 늘 망설이는 까닭은
잡으면 이미 당신이 아니기 때문이다.
잡으면 어떠한 것도 그리움이 아니기 때문이다.

그래서 버릇처럼
당신의 문 앞에 서성거리거나
아니, 들킬까 저만치 달아나 있다.

당신의 눈과 마주 쳐 놀라는 것보다
멀리서 바라보는 것이 훨씬 안심이 되고
온전히 당신을 그리워하는 것이 된다.

내가 늘 망설이는 까닭은
잡으면 놓아야 하는 걱정 때문이다.
잡는 것보다 떨어진 긴장을 사랑하기 때문이다.

피기를 마다하는 새침한 꽃봉오리 같은

애심愛心이여, 이제 포기하고 터져버리렴.
그대 분신分身을 우리 모두 가져가게 하렴.

어느 하늘의 문門을 바람이 스쳐도
행여 그대인가 바보처럼 열려 있으렴.
바람은 한없이 앙가슴을 후벼 파리라.

만다라의 꿈

만약 내가 노래하는 것이 저절로 시가 된다면
백지에 연필만 갖다 대어도 시가 된다면
더 이상 누굴 그리워하지 않아도
제자리서 죽어 여한이 없으련만

만약 내가 길을 가는 것이 저절로 시가 된다면
길가에 흐드러진 망초처럼 민들레처럼 시가 된다면
더 이상 욕망에 애태우지 않아도
슬픔일랑 잊어버리고 행복에 겨우련만

만약 내가 지금 이곳에 있으면서 저곳에 있을 수
있다면
별들을 징검다리 삼아 뛰어놀 수 있다면
더 이상 일을 한답시고 부산하지 않아도
꿈을 일삼아 진종일 혼자서도 신나련만

나는 꿈인가, 아니면

가지 못한 길인가, 아니면
이미 간 길을 후회하는 것인가
꿈속의 꿈이여, 만다라여

어디서 온 줄 모르기에

어디서 온 줄 모르기에
더욱 선물 같은 그대여

누가 보내준 줄 모르기에
더욱 보석 같은 그대여

언제 약속된 줄 모르기에
죽는 그날까지 사랑해야 할 그대여

왜 불현 듯 나타난 줄 모르기에
끝없이 지켜야 할 약속 같은 그대여

도대체 존재이유를 모르기에
무수한 별들과 꽃들과 새들에게 물어본다.

미처 사랑한다는 말을 하지 못했기에
끝없이 사랑하여야 할 운명 같은 그대여

본래부터 함께 있었을 존재인 그대여
어디 아프진 않나요. 어디 슬프진 않나요.

백 권의 책, 천 편의 시

백 권의 책을 썼으니
글 쓰는 것이 직업이었다고 할 만하다.
천 편의 시를 노래했으니
노래하는 것이 직업이었다고 할 만하다.

무엇을 그리도 그리워했는지
쓰는 것도 그리워하는 것이고,
그리는 것도 그리워하는 것이고,
그리워하는 것도 그리워하는 것이리니.

아마도 그리워하는 것이
이승의 직업인 듯하다.
그리워하는 것은 저승의 유치원이거나
예비학교인 것 같다.

신과 인간은 쌍둥이

신과 인간은 쌍둥이다.
헬레니즘과 헤브라이즘은 쌍둥이다.

철학은 도시(city)이다.
종교는 공동체(community)이다.

도시는 대뇌이다.
도시는 기계이다.
                .

도시는 추상공동체
자연은 신체공동체

기계는 기계인간이다.
기계인간은 기계전쟁이다.

선과 악은 하나이다.
진과 위는 하나이다.

신이 망하면 인간이 망한다.

신은 인간을 위해 발명되었다.

신은 낙원과 원죄를 만들었고

인간은 도시(국가)와 제도(기계)를 만들었다.

음악에

자연이 대뇌를 이긴 흔적
신체가 대뇌를 이긴 리듬

추상과 구체의 동거同居
음표音標와 감정의 동거

로고스를 숨긴 파토스
에토스를 이긴 에로스

악보樂譜제국의 정령들이 춤추는
태초의 빅뱅, 종말의 블랙홀

유수流水 같은 빛과 소리의 장엄
금파琴琶는 허공의 직녀

신이 세계를 창조한 것이 아니라
지금 세계를 창조하고 있는 음악

구성과 해체

구성된 것만이 해체될 수 있네.
해체는 새로운 구성의 존재방식
해체는 구성의 그림자일 뿐
해체는 결코 생성이 아니네.
해체주의로는 생성을 알 수가 없네.

자연은 해체될 수 없네.
자연은 생성되었기에 신비로운 것
신비는 신과 동행하는 비밀
기계는 구성되었기에 해체되는 것
과학은 결코 생성의 신비를 알 수 없네.

존재는 존재 그 자체
존재는 입으로 말하지 않는 신神
존재는 귀로 듣지 못하는 자연의 침묵
현상은 인간현존재의 존재방식
존재는 진리를 구성하지 않는다.

부처가 될 수밖에

살기 위해
부처가 될 수밖에
살기 위해
바보가 될 수밖에

짐짓 거짓부렁이나 겸손으로
부처가 된 것이 아니라
살기 위해 그 절박함으로
부처가 될 수밖에

짐짓 곁 치레나 예의로
바보가 된 것이 아니라
살기 위해 그 절망으로
바보가 될 수밖에

어느 철학자가 마지막으로 택한
자기변신과 은둔의 불두화佛頭花

깨달음이나 순진함의 월계관이 아닌
부처나 바보가 되는 가시면류관

창녀와 도둑은 순진한 시절의 낭만이었지.
모두가 앵벌이가 된 구제불능의 노예들
예수팔이, 부처팔이, 공자팔이
사악한 정치꾼과 포악한 사제들

성인들조차 불쌍함으로 전락한 말세
아귀부처, 마귀예수, 도척군자
절대권력이 절대 망하듯
절대문명도 절대 망하리라.

남자는, 여자는

남자는 "난 알아."라고 말한다.
여자는 "난 몰라."라고 말한다.

안다고 말하는 남자는
진정으로 아는 것이 없다.

모른다고 하는 여자는
심정으로 모르는 것이 없다.

남자는 전장에서 죽는다.
여자는 제 몸에서 죽는다.

알고 모름의 비밀
여반장이다.

살고 죽는 비밀
여반장이다.

존재는 진리가 아니다

존재는 진리가 아니다.
그저 아름다움으로 있을 뿐

말하기 전에 몸짓으로 있는
그것 자체의 세계여

무엇을 향하기도 전에
이미 관심觀心으로 있는

존재여, 꽃이여!
마음이여, 몸이여!

말하기도 전에
이미 아름다움인 그대여!

말하지 않아도 있는 존재
말함으로써 비로소 존재하는 것들

한글, 원原소리 여섯 글자

알, 얼, 올, 울, 을, 일
알은 존재의 드러남
얼은 존재의 숨어듦
올은 존재의 흘러감
울은 존재의 울타리
을은 존재의 대상화
일은 존재의 일거리

이 여섯 글자만 있어도 되네.
알은 백魄
얼은 혼魂
올은 시간時間
울은 공간空間
을은 대상對象
일은 노동勞動

종자와 시인

종자는 생물의 시인
시인은 사람의 종자
우리는 어디에서 태어났는가.
우리는 어디에서 다시 만날까.

종자생현행種子生現行
현행훈종자現行熏種子
고통스러운 삶이지만
끝내는 아름다운 삶이어라.

우린 저마다의 종자를 위해
우린 저마다의 시인을 위해
거친 땅과 바다를 마다하지 않았다.
높은 산과 하늘을 마다하지 않았다.

먼 후일 이 땅 위에서 서성거릴
젊은이를 위해

먼 후일 저 하늘 위에서 벌어질
알 수 없는 세계를 위해

우린 종자가 되리라.
우린 시인이 되리라.
시인의 마음은 종자의 마음
시인의 노래는 종자의 노래

우린 결코 뒤돌아보지 않는
무소의 뿔이 되리라.
해와 달, 별이 되리라.
북두칠성이 되리라.

삶은 부처종자가 되기 위한
저마다의 고행
저마다의 의미를 먹고사는 시인은
일상의 부처

진실은

진실은 말하지 않아도 진실이다.
존재는 말할 수 없어도 존재이다.

거짓은 말하지 않으면 존재하지 않는다.
존재는 결코 거짓으로 말할 수 없다.

사람은 말에게 배반당하고 만다.
말은 처음부터 배반의 속성을 지녔다.

주여, 더 이상 갈 곳이

1.
주여, 더 이상 갈 곳이 없나이다.
주여, 울음마저 목이 메었습니다.

칠흑 같은 어둠 저 멀리
빛바랜 세월만 펄럭이고 있습니다.

종소리도 없는 이 동네 저 동네에서
사람들은 불안에 떨며 웅성거리고 있습니다.

사람들은 죽은 바이블을 쓰다듬고 있습니다.
사람들은 죽은 하나님을 전송하고 있습니다.

순례자들도 지쳐 고개를 떨군다면
누가 주여! 라고 부를 것입니까.

2.
주여, 더 이상 기도할 힘마저 잃었습니다.
주여, 기도할 수 있는 자비를 베푸소서.

어리석은 무리들은 절명해야 할지 모릅니다.
달빛을 따라 어느 산기슭 모롱이에서

저들은 광야에서 광란의 밤을 보내고 있습니다.
위선과 거짓과 배반으로 킬킬거리고 있습니다.

악령들은 노예들의 사육제를 벌이고 있고
선령들은 선종善終을 준비하고 있습니다.

순례자들도 지쳐 이 땅을 외면한다면
누가 말씀을 끊어지지 않게 할 것입니까.

사람은 땅에 묻히면서도

사람은 땅에 묻히면서도
하늘나라로 갔다고 말한다.
왜 그럴까.
사람은 어머니에게 태어났으면서도
아버지 날 나으시고 라고 말한다.
왜 그럴까.

땅을 하늘로 바꾸고
어머니를 아버지로 바꾼다.
왜 그럴까.
어머니는 어딜 갔는가.
꿈을 위해서다.
세계를 넓히기 위해서다.

멀리 있는 것이 가까이 있는 것이건만
매 순간 태양 같은 삶이건만
일부러 멀리 있는 것을 향하여 나아간다.

죽으면 돌아가는 고향땅
그 땅으로 돌아가는 영면永眠
영원永遠 아닌 안식安息

진달래, 산수유, 민들레
야산에 묻힌 영혼들의 부활
아! 땅은 따뜻하다.
아! 땅은 눈물 흘린다.
땅은 너무 가깝기에, 항상 기다리기에
우러러보지 않고 밟고 다닌다.

사람 속에 있는 하늘땅
하늘땅 속에 있는 사람
아버지 속에 있는 어머니
어머니 속에 있는 아버지
내 속에 있는 하나님
하나님 속에 있는 나

사람들은 하늘을 빙자하여
땅의 슬픔을 달랜다.
사람들은 아버지를 빙자하여
어머니의 인고를 달랜다.
나직이 어머니를 부를 때면
온통 세상은 하나이다.

비움과 나눔은

비움과 나눔은 같은 것
둘은 동시에 사이좋게 있다.

비우려면 나누어야 한다.
나누려면 비워야 한다.

나누면 비워지고
비우면 채워진다.

비워진 하늘은 채워지고
채워진 땅은 비워진다.

우린 생명을 나누고
비우고 채우면서 여기까지 왔다.

내가 지금 여기 존재함은
수많은 존재들의 릴레이다.

슬픔인 듯 기쁨인 듯

슬픔도 사치다.
그대를 바라보면
세상 모든 슬픔 끌어안은 자여
기쁨도 허영이다.
세상 모든 기쁨 방사하는 자여
슬픔인 듯 기쁨 인 듯
돌아서 좌선하는 선사여!

소리를 보는 자여, 빛을 듣는 자여
두 세상을 한 얼굴에 품은 자여
하나로 울리는 빛과 소리
광음光音의 묵언默言이여
슬픔에 발을 담근 기쁨이여
기쁨에 뿌리를 둔 슬픔이여
도대체 알 수 없는 얼굴이여!

어매

어매! 우리 어매!
지상의 어떠한 님보다 위대한 님, 어매!
스스로 위대한 줄 모르는 비천한 신神
물처럼 흐르는 은밀한 소리의 상속자

신보다도 위대한 신
모든 신을 합쳐도 채우지 못하는
미처 도달하지 못하는 신
언제나 하느님에 앞서 부르는 님

부처보다 위대한 부처
모든 중생보살부처를 합쳐도
미처 도달하지 못하는 부처
언제나 함께 있는 무궁의 부처

어떤 우여곡절일지라도 생의 마지막에
은밀히 불러보는 마지막 이름

말없이 안기면 인도하는 이름
못난 자식일수록 품을 떠날 수 없는 이름

당신의 뜻이 버림받지 않도록
온갖 고초와 죽음마저도 넘었습니다.
당신의 창조가 무색하지 않도록
지금 여기 생명을 돌려드립니다.

어매, 우리 어매
당신을 그리워하면 우린 하나가 됩니다.
형형색색의 생명과 빛과 돌덩이마저도
당신의 태반 위에 올려놓습니다. 한 가족으로.

지상의 양식

나의 이 보잘 것 없는 삶을 위해
수많은 지상의 생명들이 동원되었거늘

하나하나 희생犧牲 아닌 것이 없고
하나하나 기꺼이 죽지 않음이 없었다.

이름 없는 풀 한포기
이름 없는 나무 한 그루

기기묘묘奇奇妙妙, 산천초목山川草木
형형색색形形色色, 십간십이지十干十二支

천지간에 서로 양식이 된 생명들이
희생犧牲으로 얽히고설켜 살았구나.

세상엔 쓰지 않는 것이 없다.
세상에 탁발두타托鉢頭陀 아닌 것이 없다.

고희가 되니 고마운 것밖에 없다.
고희가 되니 감사한 것밖에 없다.

지상의 양식들아, 수많은 존재들아
내 삶은 본래 너희의 것이었거늘.

메시아는 힘이 없기에

메시아는 힘이 없기에 메시아입니다.
사람들은 메시아가 힘이 있을 거라 믿을 것이지만

메시아는 아무런 힘이 없습니다. 여러분이 아니면
하나님은 아무 것도 할 수 없습니다. 여러분이 아
니면

힘은 여러분에게 있습니다.
하나님을 가진 자는 힘이 있지만
정작 하나님은 아무 것도 가지고 있지 않습니다.
그래서 가난한 자와 통하는 벗입니다.

여러 분이 주인으로 모셨기에 주인이긴 하지만
하나님은 여러분의 주인이 아닙니다.

여러 분이 버리는 날 하루아침에
노예로 전락하는 불쌍한 하나님입니다.

하나님은 아무 것도 아닌 존재입니다.

하나님은 텅 비어 있는 존재입니다.

하나님은 여러분이 가지려고 하면 없는 존재입니다.

하나님은 해방의 날을 기다리고 있는 하나님입니다.

나는 두렵지 않아요

나는 두렵지 않아요.
지금, 당장 세상이 없어진다고 해도
죽지 않는 죽음처럼 두렵지 않아요.
어느 날 갑자기 죽음이 없어졌어요.
어느 날 갑자기 세상이 하나로 느껴졌어요.
머리로는 알 수 없는 세상이 전개되었어요.
존재 그 자체가 속삭였어요.

나는 두렵지 않아요.
지금, 한 자리에서 박혀있어도
가지 못하는 곳이 없어졌어요.
어떤 것도 부럽지 않은 심정이 되었어요.
어떤 재산도 가치 없다는 것을 알았죠.
나에게 무슨 일이 일어났던 거죠.
존재 그 자체가 속삭였어요.

나는 두렵지 않아요.

내가 무엇을 깨달은 것이죠.

나는 지식도 필요 없어요.

나는 명예도 필요 없어요.

존재의 알맹이를 찾았어요.

어떤 권력도 빛이 바래는

존재 그 자체의 빛과 소리

나에게 무슨 일이 일어났던 것이죠.

지상의 모든 책들이, 경전까지도

바람처럼 날아가 버렸어요.

먼지처럼 흩어져 버렸어요.

존재는 흩어졌지만 살아있었어요.

광음光音의 마지막 오케스트라

스스로 지휘하는 존재 그 자체의 교향악

너의 이름에 들꽃화관花冠을

그는 없기에 있었네.
그는 있기에 없었네.
숨어서 달아나고
때론 서랍에서 뛰쳐나오고
깊은 해저 골짜기에서 용솟음쳤네.
누가 광음光音의 소리를 들을까.

어디선가 피리소리
어디 있느뇨? 풍류도인이여!
햇볕이 똬리를 틀고 졸고 있고
숲들이 영혼을 떨고 있을 무렵
깊은 눈망울로 심금心琴을 켜는
너와 더불어 침묵하고 싶다.

끝없이 열리고 닫히는
문틈 사이로 달아나지 못하게
네 빛이 되고, 네 소리가 되고 싶다.

슬픔마저도 단박에 잠재우는
그대 빈 곳으로 돌아가고 싶다.
침묵의 빛이여! 소리여!

누구도 알아볼 수 없기에
결코 나타나지 않을 빈천의 예수여!
십자가는 아직도 살아있지.
한 사람의 이름을 부르며 죽기에
한 떨기 꽃을 붙들고 이별하기에
너의 이름에 들꽃화관花冠을 바치고 싶다.

바람, 소리, 몸

1.

어디서 불어오는지 모르니 바람이지
어디로 불어갈지 모르니 바람이지

솔숲을 스치는 바람결이니 소리이지
마음과 몸이 하나이니 몸이지

몸의 가운데 점 아(·)자는 원圓이지
입술소리 몸은 엄마, 맘마, 아빠

부엉 부엉 우니까 부엉이지
뻐꾹, 뻐꾹 우니까 뻐꾸기지

살아가는 모습 그대로
이름 부르니 바람, 소리, 몸

2.

놀이 중의 놀이는 노래지
살을 사는 것이 삶, 사랑이지

끝없이 원을 향하여 흘러가는 존재여!
털끝만큼도 잡을 수 없는 존재여!

허술하기 짝이 없으니 허수아비지
바람구멍이 숭숭 났으니 바람벽이지

거인의 숨소리라는 바람의 전설처럼
최고신의 이름은 브라만, 바람, 숨, 생명이라네.

바람결의 말, 소리는
잃어버린 존재의 보이지 않는 마음의 고향

백설무심白雪無心
　—코로나19 펜데믹을 맞은 인류를 슬퍼하며

불한계곡에 첫눈 내려 사방은 고요한데
세상은 괴질로 혹한酷寒에 아수성이네.
오만한 문명은 스스로 무너져 서로 못 믿네.
악몽처럼 다가오는 멸종한 공룡의 이야기

아수라지옥이 어디인가. 인류멸망의 시작이
유신唯神에서 비롯된 겐가, 아닌가.
자연은 계절을 새롭게 하여 흘러가는데
인간은 집집마다 문을 잠그고 스스로를 의심하네.

인간이 어찌 괴질악질이라는 말인가
괴질보다 더 무서운 의심의 눈초리
살맛을 잃은 군상들은 요리에만 관심이 있네.
영혼을 망각한 지는 이미 오래.

지금으로선 어떤 방법도 없네.
전체주의에 대해서 자유는 속수무책이네.

동물농장, 동물공장, 기계인간

지금으로선 미래를 점칠 수가 없네.

(2020년 12월 13일)

나는 나야

신은 말했다.
"나는 나야."
(I am me)
사물들은 말한다.
"나는 존재야."
(It's Thing itself)
존재는 말한다.
"나는 나를 잃어버렸어."
신은 신이 아니고
사물은 사물이 아니다.

사소한 것들에 감사하면서
사소한 사람들에게 감사하면서
사소한 사라지는 것들에 감사하면서
영원히 숨어버려야지.
사소함의 절대여!
작은 우주의 절대여!

무대무소無大無小여!

무시무공無時無空이여!

그렇고 그렇지

(By the way)

그게 그거지

(That's It)

그게 무엇인가

(It is what It is)

나는 나대로

(I am as I am)

화선지

화선지를 펼치면 서화書畫를 얻고
제 몸을 바치면 자식子息을 얻는다.

필봉을 휘두르면 문화文化를 얻고
육봉을 감싸쥐면 진화進化를 얻는다.

대가리를 쓰면 기계機械를 얻고
구봉龜棒을 숨기면 인구를 얻는다.

아뿔싸, 기계가 사람을 능멸하더니
찬란한 문질文質마저 간 곳이 없네.

무릇 남자의 일과 여자의 일은
도처에 널려 있네.

감사합니다. 고맙습니다.

감사합니다. 고맙습니다.
모두가 선생님 덕분입니다.
눈앞에 사물들이 모두
어린애들 눈동자처럼
반짝이는 것은 무슨 영문

신이 내렸던 것이지요.
지금도 창조하고 있는 신은
모든 존재들에게
제 자신이 될 것을 요구합니다.
흩어져 아우성치는 꽃들의 환희!

감사합니다. 고맙습니다.
모두가 부모님의 덕분입니다.
부모님은 신의 사자인 것이지요.
신을 체휼하는 이 기쁨
죽음조차도 죽음을 거두는 순간

신이 내렸던 것이지요.
여행의 시작과 끝은 언제나 고향이듯이
우리는 처음과 끝을 신이라 부릅니다.
스스로에게 신을 발견하는
이 겸손, 이 황홀의 도대체!

감사합니다. 고맙습니다.
곰이 신이었던 동굴을 떠올리면
할아버지, 할머니에서
소박한 신을 발견하게 됩니다.
내 속에 있는 신을 발견하는 일이지요.

시간이 있기에 죽음이 있다는
그 사정을 안다면
버리세요. 영원한 시간을
지금 여기, 존재하세요.

그냥 그렇게 여여如如하세요!

유승앙브와즈 아파트

유승有勝, 승리한 자가 사는 아파트
겉으로 보기에는 소소하고, 수수하지만
저마다 삶의 훈장을 몇 개씩 달고
절망을 양식 삼아 살아온 사람들

유승有勝, 초탈한 자가 사는 아파트
세상에선 실패했을지 몰라도
저마다 청춘의 빛나는 훈장을 달고
욕망을 벗어버린 법 없이 사는 사람들

앙브와즈(Amboise), 아름다운 성城
다빈치가 설계하고 생을 보냈다는 성
여행자들이 감탄과 묵상에 잠기는 성
르와르 강을 끼고 있는 고색창연한 성

앙브와즈(Amboise), 르네상스의 꽃
그 이름을 딴 앙브와이즈(wise) 아파트

소요逍遙의 시철詩哲이 종생終生한 곳
한강을 끼고 있는 절간 같은 아파트

집으로 돌아오는 두 갈래길

내가 집으로 돌아오는 두 갈래 길
하나는, 자유로의 한강을 실컷 보는 길
다른 하나는, 빛나는 금촌金村을 돌아오는 길
길은 두 갈래이지만 항상 집으로 돌아오는 길

유장한 자유로 한강은 바다 같은 강
행주산성을 거쳐 오두산통일전망대
새가 되고 싶으면 택하는 길
그리움에 젖고 싶으면 택하는 길

마음속에 빛나는 금빛마을 금촌
경의선 지상철은 문산汶山에서 머물지만
내 한가한 지상철 독서는 끝이 없네.
실내등과 햇빛의 조화 아래서

참으로 이상하네.
돌아오는 길은 두 갈래인데

항상 집으로 돌아와 멈추고 마네.

언제까지 이 두 갈래 길을 오고갈까.

신이라는 말은 신이 아니다

신이라는 말은 신이 아니다.
부처라는 말은 부처가 아니다.
도라는 말은 도가 아니다.
말없이 흐르는 자연만이
신이고 부처이고 도이다.

심心이라는 말은 심이 아니다.
물物이라는 말은 물이 아니다.
깨달음이라는 말은 깨달음이 아니다.
말에 혼魂을 빼앗기면 혼이 아니다.
말에 백魄을 빼앗기면 백이 아니다.

일체유심조一切唯心造는 일체유심조가 아니다.
일체유물조一切唯物造는 일체유물조가 아니다.
자아自我는 자아가 아니다.
무릇 말에 스스로를 빼앗기면
결코 스스로가 아니다.

심정이 없으면 없다

심정이 없으면 없다.
느낌이 없으면 없다.
감동이 없으면 없다.
기분이 없으면 없다.

하나님도, 부처님도, 도사님도
심정이 없으면 없다.
심정은 신체로부터 온다.
신체가 없으면 심정이 없다.

모든 존재는 신체이다.
신체는 육체나 물질이 아니다.
신체는 정신도 마음도 아니다.
신체는 신체이다.

신체가 없으면 없다.
존재는 신체이다.

신체는 존재이다.

세상에 신체 아닌 것이 없다.

바람 부는 섬

1.
바람 부는 섬
언제나 흔들리는 섬

돛을 올리는 사람
닻을 내리는 사람

바다를 그리워하는 사람
육지를 그리워하는 사람

고향을 사는 사람
타향을 사는 사람

2.
바람 부는 섬
언제나 비바람 부는 섬

나를 사는 사람
남을 사는 사람

지구가 크다고 하는 사람
지구가 작다고 하는 사람

나의 고향은 남의 타향
남의 고향은 나의 타향

3.
바람 부는 지구
바람 부는 우주

태양의 안, 태양의 밖
나의 안, 나의 밖

해의 마음, 달의 마음

남자의 마음, 여자의 마음

해의 신, 달의 신

일면불日面佛, 월면불月面佛

잠결에 옥피리 소리 듣다

―玉光, 玉果 詩에 답하다

1.

피리에 숨결이 없다면

옥피리, 비취피리 어찌 소리를 낼까.

피리에 숨이 들고날 구멍이 없다면

어찌 소리를 낼까.

소리울림이 없다면

어찌 빛이 빛을 낼까.

잠결에 옥피리 소리 듣다.

화엄의 빛, 관음의 소리

저 허공이 없다면

어찌 빛소리 울릴까.

아무리 빛과 소리 찬란해도

내 눈, 내 귀

보이지 않는, 들리지 않는

빛소리 잡지 못하면 무슨 소용이리오.

여반장처럼 즉卽하는 존재여, 세계여
누가 내 몸뚱어리에 숨결을 넣어다오.
천고의 바람이여, 세월이여
누구나 제 옥피리 지녔건만
제 피리소리 듣지 못하고 북망산천 가누나.
제 몸이 제 피린 줄 모르고
제 몸이 제 신인 줄 모르고

2
어느 산에서 옥피리 불면
신명나 하늘에 오를까.
어느 강에서 비취피리 불면
날개 달아 난鸞새 될까.
아서라, 저 옥담玉潭, 옥석玉石에서
홀로 달을 벗 삼아 피리 부는 사내야
멀리 어디 타향 헤매다 무덤을 남기려느냐.

이름 없는 사내야

족적 없는 사내야

흔적 없어도, 님 없어도

그리움은 남아 구천에 사무치네.

허공에 글을 쓰고

파문을 일으키는 사내야

그대 생명줄 어디 매어놓았느냐.

어느 날, 어느 거리에서 생명줄 놓아야

소나기 같은 빛소리 퍼부어

활짝 갠 광명산천 이룰까.

그 피리 소리 꼭 한번 듣고 싶다.

내 온몸이여, 마지막 날

한 생명 가기 전에

숨을 거둘 때일지라도.

(2021년 1월 17일)

제2부

욕망의 시

시는 누드다

시는 누드다.
발가벗음이다.
낯선 단어들의 칸막이에서
한 겹, 한 겹 벗다보면
빨간 알몸이 드러난다.

시는 옷을 입는 일이다.
한 겹, 한 겹 입다 보면
본래 나는 없어진다.
발가벗지 않은 시는 없다.
옷을 입지 않는 시는 없다.

시는 누드다.
발가벗음으로, 옷을 입음으로 해서
나는 너와 숨바꼭질한다.
옷을 입고 벗는 사이에 우리가 있다.
낯설고 낯익음 사이에 시가 있다.

냇돌

살빛 냇돌이 그대와
나란히 누워있네.
어느 게 냇돌이고
어느 게 그대인가.
냇가에 길게 누운 꼴이
맑고 닮아 둘이서 유혹하네.

태초에 신은 냇가에서
여인을 빚었나.
하루 종일 물소리를 들으며
물소리에 잠겨있는 그대
어느 조각가가 마저 새길까.
맑은 물소리의 영혼을

배꼽 아래 빅뱅

배꼽 아래 빅뱅
태어나기 전에 숨 쉬는 곳
태어나서 끝없이 먹는 곳
열심히 먹다가 기절하는 곳
생명의 마지막 보루
우주를 받혀주는 기둥
닳아도 닳지 않은 맷돌!

배꼽 아래 빅뱅
숨을 거둘 때 평등해진다.
숨이 막힐 때 황홀함으로
거대한 블랙홀 속으로 낙하한다.
윤회의 회오리 속으로 빠져든다.
생사生死의 경계, 고락苦樂의 경계
죽음을 거두는 위대한 사제여!

이브의 살신성인

신은 아담의 갈비뼈 하나를 뽑아 이브를 만들었다고?

아니다.

신은 이브의 머리카락 하나를 뽑아 아담을 만들었다.

이브는 하느님을 배반한 하늘의 대역 죄인이라고?

천만에.

이브는 하느님의 일거리를 만들어준 역사의 원동력이었다.

이브가 아담을 유혹해서 낙원추방을 당하게 했다고?

천부당만부당한 말.

이브는 아담의 새끼를 낳고 낳아 예수에 이르렀다.

원죄原罪가 아닌 원原역사

억울한 누명을 쓰고도 줄줄이 사내를 낳고 낳았네.

가장 확실한 살아있는 조상, 이브여!

막달라 마리아로, 성모 마리아로 등극했네.

모든 아내는 남편의 막달라 마리아
모든 어머니는 아들의 성모 마리아

신음소리

신음소리, 난 잘 알죠.
슬픔인지, 기쁨인지.
남들은 기쁨으로 아는 것을
난 슬픔으로 알죠.
남들이 고통으로 아는 것을
난 쾌락으로 알죠.

신은 왜 한 신음소리에
슬픔과 기쁨을 함께 실어 보내는지.
어깨를 어루만지면 가볍게 흘리는 신음
기꺼이 다 내주는 온몸의 헌신
그 고통과 쾌락의 숨바꼭질
신은 작은 죽음으로 죽음을 단련하네.

신음소리, 난 다 알죠.
그대 신음은 이제 어느 지점에서
언제, 어떻게 날아올지 모르는 마법

누가 금현琴絃을 퉁길지 모르죠.

온 몸을 구부려 활처럼 휘면

큐피드 화살을 날려 보내는 이 있죠.

바라만 보아도 전율에 떠는

바람만 불어도 울어대는 텅 빈 악기처럼

때로는 둔탁하게, 때로는 예리하게

때로는 떡잎처럼, 때로는 낙엽처럼

간드러지게 웃고, 미친 듯 울 때

그대 버리지 못하는 신음이라는 것을

수풀에 대한 몽상

수풀의 근원을 아는가.
사람들은 항상 진실을 찾으면서도
진실을 보기를 두려워하지.
진실은 어둡고 가려있고 축축하지.
진실은 물과 친하고 거짓은 불과 친하지.
진실의 근원은 거짓
선의 근원은 악
하늘의 근원은 땅

수컷의 근원은 암컷
푸른 것의 근원은 붉은 것
태양은 수풀에 가려 있고
태양은 언제나 진실이라고 소리치지만
진정한 진실은 더욱더 어둡고 은밀하지.
수풀 속 그 깊숙하고 은밀한 샘에서
스스로 태어났다고 하면 사람들은 놀라지.
어둠의 자식이라고 하면 사람들은 화들짝 놀라지.

수풀의 신비를 아는가.

탐험하라. 태양의 아들딸들이여!

길게 드러누운 요염한 산과 구릉을

창공에 아름다운 선을 그리는 여체를

말미잘이나 성게처럼

미역이나 다시마처럼

털의 깃발을 흔들며 유영하는

푸른 바다의 진실을

어둠의 손짓을 사모하라.

철없는 사내는 수풀을 잃어버리고

샘을 찾아 사막만을 횡단하다가

영원히 대지를 잃어버리네.

수풀 속에 가려진 누드를 잊었네.

수풀이 없으면 진실이 없는 것

수풀은 문명의 기원

영혼이 숨 쉬는 달빛

오르가즘

모든 올라가는 것들의 신
나락에 떨어질 줄 알면서도
끝없이 올라가는 계단
떨어지면서도 절망하지 않는
끝내 죽음이 되는 계단
죽으면서도 죽지 않는
올라가는 것들의 고락苦樂

지진과 화산의 에베레스트
그곳에 있기 때문에 올라가는
무억無憶, 무념無念의 산
너로 인해 죽음도 만족이다.
너로 인한 올라감이 아닌,
나를 위한 올라감도 아닌
올라가는 것들의 고락苦樂

거시기

거시기
아직 이름을 얻지 못한 말
거시기
언제나 불완전한 이름
미지의 세계
신비의 세계
묘유妙有의 세계

거시기
바닷물을 다 삼키고도
비어있는 세계
거시기
빈 하늘 너머 너머로
열려지는 세계
묘령妙齡의 처녀

보려면 볼 수 없는 현玄의 세계

잡으려면 잡을 수 없는 요微의 세계
소중한 것인가
하찮은 것인가
고귀한 것인가
비천한 것인가
알 수 없는 세계

말하다가 막히면
둘러대는 말
말하다가 말할 수 없으면
계면쩍어 하는 말
말하다가 쑥스러우면
얼굴 붉히는 말
거시기, 거시기

아무런 구별이 없는 거시기
그것(It)인가, 누구(who)인가

남에게도 붙이는 말
님에게도 붙이는 말
태초에도, 종말에도 붙이는 말
존재와 이름 사이에 있는
아무렇게 써도 종잡을 수 없는 말

황진이를 만나다 1

누가 사랑을 파계라고 했던가.
이제 너를 꿈꿀 테야
진리도 없으니 파계도 없지.
길이 없으니 파계도 없지.
생명의 불끈거리는 불덩어리만 있지.

그대 황홀한 냄새에
난 수증기 되어 불을 만났네.
냄새가 불이라는 것을 처음 알았네.
검은 머리카락, 검은 눈동자가
불이라는 것을 처음 알았네.

침묵이 불이라는 것을 처음 알았네.
암고양이의 피로와 권태가
불이라는 것을 처음 알았네.
달아나는 정념의 치맛자락
삼단 같은 머릿단은 백치미의 신호

난 본래 도道를 찾지도 않았어.
난 본래 비도非道를 묻지도 않았어.
오직 너를 통해, 너의 신음 속에서
태초에 어떤 일이 벌어졌는지를 알았네.
그러면 그렇지. 천지창조의 비밀.

황진이를 만나다 2

꼭 만나야 사랑은 아니지
멀리 있어도 느껴지는 그대
멀리 있어도 일어나게 하는 그대
그대 산처럼 누워있어도
난 이미 그대 위 선돌인 것을

한 꺼풀, 한 꺼풀 허물 벗는
스트립 걸의 점수漸修여
쌓아놓은 것을 폭풍처럼 쏟아버리는
돈오頓悟여, 폭백瀑白이여
백척간두에서 떨어지는 낙화의 즐거움

그대 콧김은 미풍처럼
온몸을 설레게 하고
그대 혓바닥의 핥음은
마치 세례처럼 낙원에 들게 한다.
성수聖水여, 목마른 자를 구원하소서.

그대 내 이름을 묻지도 않고
서로 이름을 몰랐어도
우린 알았네, 알아보았네.
저 망각의 강 넘어
태초의 죄 없는 아담과 이브를

황진이를 만나다 3

우린 서로 알아본 것일까.
수줍어하는 반가움
설렘, 눈짓, 외면
바람은 일순, 절대를 거절하지 못했다.

아름다운 길에
아름다운 사람을 만나고
아름다운 눈빛을 교환하니
먼 길도 한 걸음이네.

우린 서로 알아본 것일까.
앞서거니 뒤서거니
자석처럼 끌어당기며
하늘가에 옷자락을 펄럭였다.

그래, 이 만남을 위해 걸어왔던가.
그래, 한 죽음을 위해 걸어왔던가.

아름다운 길은 하늘에 전해져
쌍무지개로 걸려있네.

외로운 자여, 그대에게
내 왕관을 씌워드리리다.
우리는 닮았다. 밤낮없이 닮았다.
지금 너의 사진을 본다.

황진이를 만나다 4

그래, 처음부터 난 없었어.
너가 본 것은 유령이었어.
너가 그 옛날 비참하게 버린
까마득하게 잊어버린 애인이었어.
이미 신이 되어버리고 만 슬픈 영혼

그래, 처음부터 난 없었어.
그래서 난 너를 소유할 수 없어.
그래서 넌 나를 철저히 소유하지 않지.
단지 너는 내 것이라는 속옷만 필요하지.
달콤한 말도 모르고 단지 네 영혼을 사로잡지

보이지 않는 손으로
네 가슴과 헝클어진 머리칼
달을 닮은 엉덩이를 양손에 받쳐 들고
물기 많은 검은 눈동자, 그 안에서 빛나는
잘 익은 네 영혼을 꺼내 먹지.

네 영혼은 보르도 포도주보다 맛있다.
네 영혼은 맹아차창 보이차보다 맛있다.
너의 늘어뜨린 몸은 배암보다 부드럽고
너의 거친 숨소리는 경주마보다 거칠다.
난 너의 센서를 알지. 깊은 그곳 어둠에 싸인 그곳

너를 기다리다 지쳐 정작 네 전화가 왔을 땐
나는 너를 받을 수 없지.
바람은 바람으로 좋은 것이지.
바람이 집을 대신할 수 없지. 난 슬퍼했지.
난 바람으로 남기로 했지. 너를 집으로 보내며.

황진이를 만나다 5

사람은 땅에 묻히면서도
하늘나라에 갔다고 한다.
왜 그럴까.
사람은 어머니에게 태어났으면서도
아버지 날 나으시고
어머니 날 기르시니 라고 말한다.
왜 그럴까.

땅을 하늘로 바꾸고
어머니를 아버지로 바꾼다.
왜 그럴까.
모두 꿈을 위해서다.
모두 세계를 넓히기 위해서다.
멀리 있는 것이 가까이 있는 것이건만
일부러 멀리 있는 것을 향하여 나아간다.

죽으면 돌아가는 고향

그 땅으로 돌아가는 영면永眠
영원永遠 아닌 영원
땅에서 다시 태어나는
진달래, 산수유, 민들레
야산에 묻힌 영혼들의 부활
아! 땅은 따뜻하다.

사람들은 하늘을 빙자하여
슬픔을 달랜다.
사람들은 아버지를 빙자하여
어머니를 달랜다.
사람 속에 있는 하늘, 땅
나직이 어머니를 부를 때면 온통
땅은 눈물 흘린다. 세상은 하나이다.

황진이를 만나다 6
― '나'에서 '하나'가 되다

'나'에서 '하나'가 되다.
하늘과 하나가 되다.

세상에 태어나서 '나'인 '나'
하늘의 신비에 닿아 '하나'가 되다.

하늘 아닌 곳이 없고
하느님 아닌 곳이 없다.

도道 아닌 곳이 없고
부처 아닌 곳이 없다.

세상에 태어나 원原소리
원기元氣를 만나니

생사生死가 없고
진리비진리가 없다.

존재는 진리眞理가 아니다.
존재는 생명生命이다.

생명은 시시각각 생멸이고
생멸은 시공간이 없다.

생멸은 존재로 표현할 수 없다.
기운생멸은 존재진리로 표현할 수 없다.

그냥 그대로 있는 존재를
대상으로 여기는 것은 망발

삶은 결코 잡을 수 없는 것
앎은 결코 삶을 다할 수 없다.

존재자를 존재로 여기는 것은 망발

존재를 생성으로 여기는 것은 망발

오묘한 뜻이 통하면 말도 즐겁다.
음양의 굽이굽이를 넘으면 말도 즐겁다.

제3부

사회풍자시

다시 달구達丘 교정에 서서
─대구고등학교 9기 동기생 40주년 행사를 축하하며

청춘이 너무 가깝던 시절
우리는 청춘을 몰랐습니다.
교정에서, 강가에서, 들판에서
혈기를 뽐내느라 바빴죠.
저 태양의 눈부신 흑점으로 인해
눈을 뜨지 못했던 것인가요.

이제 은은한 달빛의 교정을 거닐며
우린 생각에 잠깁니다.
차라리 내가 모르는 것들의
어둠 속의 반사로 인해
그 때 아우성을 듣습니다.
지금 달빛은 밟기에 좋습니다.

각자의 길을 따라 헤어졌던 우리들은
조금은 낯선 모습으로 서로를 알아봅니다.
그동안 무엇을 했느냐고 묻지도 않습니다.

그저 그렇거니 생각하는 것이지요.
오늘 주어진 만남도 뭇별을 생성하는 행운이며
신神의 자비로움이란 것을 아는 까닭이지요.

그 때 선생님들보다 더 늙은 제자들은
신선神仙이 다 된 선생님들을 떠올리며
참으로 기대에 못 미친 미안함을 떠올립니다.
길은 언제나 길로 끝나는 것이기에
지금 여기가 길의 이정표라는 것을 압니다.
교정을 떠난 지 불혹不惑의 연륜에

그렇습니다. 스스로 모르면서 흘러가는 것이
삶의 진수인 것을 압니다.
그렇습니다. 길은 언제나 길로 시작하는 것이기에
다시 만남을 어둠 속에 설레는
저 싱싱한 교정의 플라타너스와 약속하렵니다.
우린 삶의 교정에서 영원히 서성일 것입니다.

(2009년 9월 대구고등학교 교정에서)

해병을 아는가

―해병대 신문 창간 축시

6·25를 아는가, 그대는
월미도를 아는가, 그대는
그 때 적의 허리를 단숨에 꺾어
일거에 전세를 뒤집은 쾌거
인천상륙작전을 아는가.

해병은 거기에 있었나니
육군, 해군, 공군 어느 누구도 못한 일을
우리 해병은 했나니
9·28 수복 당시(9월 20일)
중앙청에 맨 먼저 태극기를 꽂은 해병을 아는가.

가장 작은 병력으로
가장 큰일을 해낸 해병
귀신 잡은 해병
무적의 해병
신화를 남긴 해병

하늘과 땅은 우리를 기다렸나니
육지와 바다에서 하늘에서 입체 작전을 펴는
수륙양용의 거대한 양서류를 하늘은 기다렸나니
물이면 물
뭍이면 뭍, 겁낼 곳이 없도다.

투지와 열정과 충성
땀과 눈물과 인내는
우리의 영원한 양식
지옥주 마지막 훈련
한 번 해병은 영원한 해병
(Once a Marine, Always a Marine)

정복하지 못한 고지가 없고
사수하지 못한 진지가 없나니
우리의 앞에는

충성과 명예와 도전만이 있도다.

독수리 리본은 정의와 자유를 오늘도 펄럭인다.

하늘에는 별

바다에는 닻

땅에는 용맹한 독수리들

5천년 역사상 맨 처음 해외원정 태극기를 휘날린

해병 청룡부대를 아는가. 그대는

(2011년 7월 19일)

어둠의 촛불 같은 세월
　－서울언론인클럽 창립 30주년을 기념하며

무정한 세월의 격류 속에
꺼질듯, 꺼질듯
굳건히 살아남은 그루터기 하나

가만히 가까이 가 보니
까만 어둠 속에
제 몸을 태우며 흔들거리는 촛불일세.

그 옛날 어느 청렴한 선비가
오늘을 걱정하여 세운 서울언론인 클럽
순교자는 아닐지라도

한 걸음 한 걸음 정도正道를 나아간
뭇 걸음들의 발자국 소리
그 발자국 끊어지지 않으리.

촛불은 어둠과 함께 하는 불이다.

촛불은 바람과 함께 하는 빛이다.
전광석화 같은 세월에 어리석음을 고수하는

정론직필이여!
붓이여, 꺾이지 마라.
소리여, 민생을 외면하지 마라.

30년, 아니 300년이라도 모자랄
우리들의 삶, 우리들의 꿈
촛불은 제 몸을 태우는 불이다, 빛이다.

(2014년 12월 15일)

피로써 숫돌을 간다

—대한언론인회보 'THE PEN' 재 창간을 축하하며

1

누가 말했던가, 펜은 역사라고.
한 땀, 한 땀 끝없이 이어지는 글들이
강을 이루고, 목마름을 축이고, 나라를 지킨다면
펜이여! 다시 피로써 글을 써도 좋으리.

지금 우린, 왼 종일 지푸라기 같이 떠들고
수많은 신문 책들을 쏟아내도 공허할 뿐.
우리 역사의 몸속을 관통한 글은 어디에도 없고,
어지러운 세상먼지에 하늘을 응시할 뿐.

잘난 사람 많았는데 분단은 왜 되었는가.
잘난 언론학자들 많은데 왜 우리글을 못 쓰는가.
해방분단 70년이 넘었어도 통일은 고사하고
망국의 당쟁黨爭 오늘에도 보는구나.

에비어미는 그래도

종은 아니었다.
별을 보며 밭 갈고 논 갈았어도
종은 아니었다. 남부럽지 않았다.

먹어도, 먹어도 걸신들린 우리는
어쩌다 청춘에 자신을 타살하고
에비어미가 자식 죽이고
자식이 에비어미 죽이는 나라가 되었는가.

2
천지의 주인이었을 때를 생각한다.
때로는 가난할 줄도 아는
때로는 낙향할 줄도 아는
대쪽 같은 선비의 푸른 정신이 흘러넘쳤던 그때를!

나라는 어디 갔느냐.

선비들은 어디 갔느냐.

국가안위노심초사國家安危勞心焦思는 어디 갔느냐.

시일야방성대곡是日也放聲大哭은 어디 갔느냐.

자유가 평등을, 평등이 자유를 갈라놓고

'문민文民'이 국민을 갈라놓고

'국민國民이 국민을 갈라놓고

그 사이 주변 나라들이 노략질을 하였구나.

에비 어미는 그래도

종은 아니었다.

분노의 아들딸들아

어느 나라의 종인가

다시 펜을 잡으며

비록 칼처럼 붓을 쓰지는 못해도

피로써 숫돌을 간다.

피로써 숫돌을 간다.

(2016년 4월 4일)

혼魂이 재灰가 되다

―2008년 2월 10일 저녁 남대문이 불타 재가 되다

하늘이시여, 무슨 죄가 많길래

해질녘 눈 뜨고 바라보는 앞에서

우리의 혼魂을 데려간단 말입니까.

스스로 낸 불로 재가 되다니!

어처구니없는 불놀이!

심중의 벼락! 벼락!

무너져 내리는 세상!

숭례崇禮의 광장은 지금 슬픔에 젖어 흐느낍니다.

우리에게 무슨 오만과 위선의 무리가 있어

이런 재앙을 주시나이까, 하늘이시여!

우리에게 무슨 불충과 불효가 있어

화신火神을 화마火魔로 돌변하였나이까, 하늘이시
여!

아! 우린 이미 오래 전에 미쳤다.

욕망으로 인해 미쳤다.
질투로 인해 미쳤다.
그 불이 우리를 덮친 것이다.

가슴이 저려오고 식은땀이 난 것은
어제오늘의 일이 아닌데
끝내 그대마저 심중의 재가 됨은
무슨 변고의 징조란 말입니까.

이 무슨 졸부猝富와 화신貨神의 무례無禮란 말입니까!
이 무슨 경고警告와 역설逆說의 다비茶毘란 말입니까!
그대 뼈와 재를 수습하면서 흘리는
순례자巡禮者의 눈물을 바라보소서. 하늘이시여!

그대 영혼 앞에 올리는

이 부끄러운 한 잔의 차를 어여삐 보아주소서.
회한의 찻물은 눈물 되어
지금, 온몸을 흘러내려 적시고 있습니다.

발걸음을 부끄럽게 하는 뼈들이여, 재들이여!
어서 일어나 기둥 되고 서까래 되어주소서
절망의 끝에서 희망의 자락을 보여주소서.
무너져 내리는 마음의 푯대를 잡아주소서.

오만과 독선의 무리여, 물러가라.
위선과 불충의 무리여, 물러가라.
물과 불도 다스리지 못하는 못난 자손을
잠시 꾸짖은 것이라 하옵소서.

제4부

차시

푸른 비 내리니

—2008년 7월 11일 해남 녹우당(綠雨堂)[1]에서

1

푸른 비 내리니
하늘의 찻물이런가.
옛 백련동 백련의 이슬을 받아
죽로에 끓이니
물 끓는 소리 하늘에 닿는 듯하다.

외롭고 의로운 선비 이곳에 쉬었고녀
귀양살이에 초연히 시 읊고
차로 목을 축였으니
하늘이 내린 집이로다.
덕음산德陰山 품 헤아릴 길 없다.

---

1 녹우당은 조선 중기의 이름난 가사(歌辭)문학인 및 음유시
인 고산(孤山) 윤선도(尹善道, 1586~1671)의 고댁(古宅)
종가에 붙여진 이름이다.

2.

무엇이 선비더냐, 풍류더냐

길 잃은 백성아, 아해들아

멀리서 찾지 말라.

고산, 다산, 초의, 추사

이 이름만으로 족하다.

때마침 들리던 날

백련은 집 앞에서

막 하얀 꽃잎을 내밀어

이슬을 담아 바람에 흔들리니

하얀 신부 맞아 영원으로 삼고 싶다.

3

백련은 언제부터 피었더냐

까마득한 날부터

하얀 연꽃 타고 오는 신부가 있어
바다 길 몰래 열어
광야의 선비를 기다렸구나.

앞에는 백련지
뒤에는 덕음산
그 사이에 진인眞人이 다 모였으니
더 이상 목 놓아 울지 말고
다담이나 나누세.

달빛에 젖어

1

어제 밤 꿈에

차호茶壺 속 고차수古茶樹[1] 한 그루

사방 둘레는 희미한 달무리

자욱한 새순은 은빛으로 반짝이네.

차가 목말라 내려온 월령月靈인가.

지리산 형제봉, 달빛 홍수는

동정호에 작열하고

섬진강 물 흐르는 소리 따라

밤새 차를 따르는 벗들이여!

들은 악양岳陽들, 풍년을 약속하누나.

---

1 고차수(古茶樹)는 옛 차나무라는 뜻도 있지만, 차원 높은
하늘의 이상에 도달한다는 의미의 고차수(高次數)라는 의
미와 하늘과 소통하는 우주목(宇宙木), 신목(神木)이라는
의미도 동시에 있다.

아름 들이 고차수
가지 벌 때마다 숲은 넓어져 나눔은 커가네.
차선茶仙이 살았다는 동천洞天은 어디인가
차에 취해, 달빛에 취해
아, 이슥토록 찻물 떨어지는 소리

2
아해야, 가자, 가자, 악양 가자.
은하수 타고, 섬진강에 다시 배 띄워
달빛을 먹고, 달빛을 먹고
다신茶神이 오르면 동정호 한 바퀴 돌자꾸나.
소상팔경 부럽지 않네.

예부터 볕 좋고 인심 좋은 악양 마을
평사리平沙里 모래벌 항하사수恒河沙數 다투누나.
우린 잠시 모래언덕으로 누워있네.

이골 저골 수줍은 진달래 따다
찻물에 띄워 정처 없는 항해나 해볼까나.

날은 언제나 좋은 날
아해야, 밤새워 감로수 먹으리라.
그리고 새벽에 푸른 청람을 보리라.
의로운 차인 있어 밤새워 다담茶談하면
마음은 미리 기러기 되어 창공을 가르네.

관음전 측백나무 앞에서

—중국 하북성 백림선사 조주(趙州)관음전(觀音殿) 앞에서[1]

조주는 간 데 없고

조주 탑만 덩그러니

황량한 바람 몰고 오던 그날

어디선가 "차나 한 잔 들게 나"

잣나무는 없고

아름드리 측백나무만

세월의 구비를 이기고

먼데서 온 길손을 맞았네.

끽다거喫茶去는 어디가고

생활선生活禪만이 자자하던 그날

조주관음전은 남몰래

천년의 잠을 깨고 기지개를 켰네.

---

1 시인은 2011년 9월 중국 하북성(河北省) 석가장(石家庄)
　백림선사(栢林禪寺)에서 열린 '韓中선차교류 10주년 대회'
　에 참가했다.

방장 정혜淨慧선사는

"끽다거는 무슨 뜻입니까"라는

진제眞際스님의 선문답에

역시나 조주의 후예답게

"차나 한 잔 드시죠."라고 응수했다.

다茶 오우가, 시서화락무詩書畵樂舞

1. 서시序詩

내 벗이 몇이나 될까, 헤아려보니
시서화詩書畵, 음악(樂)과 춤(舞)이로다.
옛 오우에 차오우 붙이니 그대로 완성이로다.

(풀의 성현聖賢, 차와 벗할 이 누구던가.
시서화詩書畵, 음악(樂)과 춤(舞)이로다.
이 다섯이 모이면 풍류가 절로 무르익더라.)

2. 시詩:

차를 들면 나도 몰래 시흥詩興에 겨우니
차향에 저절로 몸에서 꽃이 핀 게로구나
네 향기 음미하여 시선詩仙과 놀리라

3. 서書:

좋은 물 같이 심심한 차가 명차이듯이

물처럼 흐르는 질박한 글씨를 쓰니
산천초목이 꿈틀대고 용봉이 나래 치네.

3. 화畵:

차를 오래 벗하면 훈남薰男 훈녀薰女
그리워하여 그리니 과연 살아 빛나는구나.
잡으면 달아날 것 같아 그리고 말리라.

4. 락樂:

차를 끓이면 어디서 들려오는 음악인가
끝까지 잡을 건 예악禮樂밖에 없거늘
이 한밤 벗이나 불러 풍류나 즐길 거나

5. 무舞:

차를 연거푸 드니 덩실덩실 춤이 난다.
손 내 젓고 발 구르면 저절로 춤이로다.

저 달과 무리지어 은하수나 밟아볼거나.

시론

은유와 환유의 곡예와 안식

박정진

시란 무엇인가? 첫 물음을 던진 지가 언 50여 년은 되는 것 같다. 그동안 11권의 시집을 냈지만 아직도 시가 무엇인지, 정확하게 남들에게 말할 용기가 나지 않는다. 시와 더불어 추억되는 것 속에 가장 먼저 자리하고 있는 장면은 고등학교 시절, 새로 산 시집을 마음 놓고 읽기 위해 선생님에게 두통을 핑계로 조퇴를 하고 집에서 밤새 읽은 기억이 난다.

그리고 시인이 되기 위해 한양대 의과대학에서 국문과로 전과하면서 박목월 선생님과의 여러 추억들이 떠오른다. 지금 생각하면 인문학에 대한 나의 열정이 질풍노도의 시절에 시詩를 쓰고 싶은 욕망으로 응축되었던 것 같다. T. S. 엘리어트의 '황무지'라는 시가 이미지즘의 붐을 일으킨 에즈라 파운드에 의해 수정·삭제되었다는 이야기를 들을 때면 회화적 이미지를 중시한 동양의 시詩에 자부심을 갖기도 했다. 에즈라 파운드는 동양의 시에 크게 영향을 받은 인물이었다.

동양의 선비나 문인, 혹은 관리들은 누구나 시를 짓는 것을 일상사로 생각했다. 출세의 관문인 과거 시험은 반드시 시를 짓는 능력을 가지고 학문됨과 사람됨의 판단기준으로 삼았다. 동양문명은 '시詩의 문명', 철학을 '시의 철학'이라고 해도 과언이 아니다.

시의 핵심인 은유(비유)는 "한 사물(thing, being)을 다른 사물의 관점에서 보는 것"이라고 말한다. 이것은 사물의 직접성(즉물성)에서 멀어지기(떨어지기) 때문에 가능한 것이다. 은유의 효과는 무엇일까. 은유는 우리가 언뜻 보기에 아주 먼 거리에 있는(아무런 관계가 없는 것 같은), 실용적으로는 아무런 효과를 기대할 수 없는 사물을 가깝게 연결시킴으로써 모든 존재가 동등한 존재임을 확인시키는 수사적 기술일까.

아무튼 시는 실용적으로 연결될 것 같지 않은 사물의 이미지를 연결시킴으로써 전혀 새로운 의미를 발생시키는 예술임에 틀림없다. 이를 철학적으로는 존재의 근본(근본존재), 본래존재를 회복하는 것이라고 규정한다. 존재론 철학자들은 그래서 시에서 구원을 받는 것 같은 인상을 준다. 횔덜린, 릴케, 하이데거 등등.

이에 비해 철학은 "존재(being)를 존재자(존재하는 것, beings, thing, It, that)로 바라보는 것"이다. 하이데거는 서양 철학사에서 말하는 존재는 모두 존재자였다고 말한다. 그래서 그는 존재자의 존재를 발견하는 인간을 새로운 용어로 '현존재'라고 규정했다. 이렇게 보면 철학은 모든 존재를 하나(명사)로 귀속시키고 있음을 알 수 있다.

인류학자가 된 지금은 문학수사학의 은유와 환유라는 것이 문화비평에도 확장될 수 있음을 터득하게 되었고, 은유와 환유는 원시고대 인류의 주술(呪術, magic)에도 그 연원을 닿을 수 있음에 인류문화의 비밀을 푼 것 같은 자부심을 느끼기도 했다. 주술의 동종주술(모방주술)은 은유와, 접촉주술(감염주술)은 환유와 내적으로 연결된다. 시에는 어딘가 주술적인 힘, 마력魔力이 있다. 혹자는 언어 자체가 주술적인 기능을 가지고 있다고 한다. 이를 명교주의名敎主義라고 한다.

시인은 은유와 환유의 기술자이다. 은유와 환유는 정신신경학, 심층심리학에서 말하는 압축壓縮과 전치轉置와도 통한다. 따라서 시를 쓰는 행위는 무의식에 은적되었던 기억을 끄집어내 되살림으로써 심리적 치료효과도 있어서 예술치료로 사용되기도 한다. 시적 은유와 환유는 주술의 기능과도 통하는 까닭에 시는 인간의 가장 오래된 고유한 존재양식이자 삶의 힘이라고 할 수 있을 것이다.

일상의 현대인이 은유(압축)와 환유(전치)를 현실과 꿈과 이상에서 실현하려고 하듯 원시고대인도 마찬가지로 동종주술과 접촉주술을 번갈아 사용하면서 생활했던 것이다. 이것은 시詩와 과학科學의 탄생과도 무관하지 않다. 인간은 이 두 가지 언어의 연쇄(은유연쇄, 환유연쇄)를 사용하는 언어적 동물이다.

同種呪術 (模倣呪術)	같음-다름	은유(隱喩)-시(詩)/ 동시성(同時性)	삶-존재-종교-예술 (존재사건)
感染呪術 (接觸呪術)	접촉-연결	은유→환유(換喩)/ 동일성(同一性)	앎-언어(수학)-과학 (수학공식)

〈주술과 문명, 시와 과학〉

자연과학 중심의 학문을 과학이라고 한다면 시는 분명 인문학의 왕좌에 놓는다 해도 크게 망발은 되지 않을 것이다. 의학도에서 시인이 되기 위해 인생의 대전환을 한 것은 나의 삶을 온통 고통과 시련으로 몰아넣었고, 그야말로 운명애(Amor Fati)의 삶을 살지 않으면 안 되게 하였다.

니체적 삶의 실천은 남의 일이 아니었다. 삶의 과
정(process) 하나하나가 오늘의 나의 모든 것을 구성
하고 있는 신체적 존재의 다면체이고 보면 삶을 긍정
하고 사랑하지 않을 수 없게 된다.

은유할 수 있는 힘은 도대체 어디에서 연원하는
가. 눈에 보이는 사물 그 이면에 숨어(隱) 있는 어떤
것(존재)을 가상으로 깨우쳐(喩) 주는 힘은 무엇일
까. 물론 은유도 언어에서 비롯되는 것이고, 언어가
없으면 불가능하다. 언어를 상징(象徵, 記號)이라고
말하고, 언어능력을 '상징할 수 능력'이라고 말하기
도 한다. 따라서 은유할 수 있는 힘은 곧바로 상징할
수 있는 힘이다. 은유와 상징은 바로 의미(의미를 부
여할 수 있는 힘)를 말한다.

우리는 흔히 은유를 메타포(metaphor)라고 말하
고, 환유를 메토니미(metonymy)라고 말한다. 환유
는 은유가 가장 지시적으로 사용되는 경우에 해당된
다. 말하자면 과학은 의미(언어)를 가장 환유적으로
사용하는 극단적인 예에 속한다. 그렇게 보면 거꾸로
은유는 의미를 가장 내포적(포괄적)으로 사용하는 것
을 의미한다.

철학에서는 의미발생을 현상학적인 의미작용(noema)과 의미대상(noesis)의 상호관계로 본다. 그렇게 보면 인류는 철학적 사유과정에서 의미를 발생하기 전에 이미 시를 짓고 노래하면서 의미를 발생시켰다고 보는 것이 옳을 것 같다.

시가 먼저냐, 철학이 먼저냐는 참으로 따지기 어려운 문제인 것 같다. 둘 다 언어가 없으면 불가능한 것이고 보면 거의 본능적으로 동시적인 것 같다. 시가 모든 예술의 원동력이고, 철학이 과학의 원천이라고 보면 예술과 과학도 그 원형(원류)이 같다는 것을 알 수 있다. 그렇다면 종교는 어떤가. 종교는 예술을 할 수 있는 힘과 철학할 수 있는 힘이 모여서 신神을 섬기는 제의(祭儀, ritual)로 드러나는 종합문화적 성격을 갖는 것 같다. 종교(신앙행위)에 철학(신학)과 예술(행위, performance)이 포함되는 것은 당연한 이치이다.

우리는 이상에서 시를 쓰는 행위가 예술과 철학은 물론이고, 종교행위와도 결부됨을 짐작할 수 있다. 말하자면 한 시인이 한 편의 시를 쓰는 것은 삶의 퍼포먼스이면서 그 속에 철학도 포함되어 있는 구도행위라는 것을 짐작케 한다.

돌이켜 보면 한국문단의 시에 대한 이해는 근본적인 이해나 접근보다는 시류時流에 편승한 감이 적지 않다. 고대에서 현대에 이르기까지 훌륭한 시인들은 많이 배출되었지만, 시를 대하는 태도나 그것을 뒷받침하고 있는 생각은 현대에 올수록 독립성이 부족하였던 것 같다. 사뇌가詞腦歌, 향가鄕歌, 시조時調만 해도 독자성을 가진 것 같다. 그런데 근대에 이르러서는 서양의 유행이나 이데올로기에 크게 흔들리면서 독립적인 시론을 전개하지 못한 것 같다.

그 결과 시의 영역과 다양성은 대폭 축소되거나 특정 유파(流派, 同人)나 경향에 휘둘렸던 것 같다. 시의 본래모습과 뿌리를 잃은 감이 있다.

동양에서는 예부터 시를 흥興 비比 부賦로 나누었으며, 그 핵심은 역시 비(比 比喩)에 있었고, 부賦로 오면 시의 산문성(산문시)이 강화되는 경향이 있었다. 더욱이 동양의 고전은 대체로 운율韻律을 기조로 하였던 관계로 리듬(rhythm)을 중심으로 보면 모두 시였다고 해도 과언이 아니다. 그래서 동양철학을 시詩철학이라고 말하는 지도 모른다. 동서양을 막론하고 고대에는 산문도 서사시(譚詩)였다.

시는 은유라는 기법을 통해 만물이 서로 통해 있

음을 은연중에 깨닫게 해주는("존재는 하나다=존재성") 기능을 하고 있음을 알 수 있다. 은유는 바로 존재사건이기도 하다. 이 말은 은유는 살아있는 사건이면서 상징임을 말한다. 독일의 철학자 하이데거가 과학기술시대의 폭력성을 경고하면서 만년에 휠덜린과 릴케의 시에 심취한 이유를 알 수 있다.

시는 과학의 반대편에 있다. 여기에 이르면 시라는 것은 본질적으로 과학시대에 이르러 인류의 구원이 될 수 있음을 유추할 수 있다. 시는 결국 그 리듬과 조화로 인해서 음악과도 같은 위로와 안식을 인간에게 준다.

과학기술시대의 시적 특성을 우리는 존재론시라고 부르고 있다. 존재론시는 존재시와는 다르다. 존재론시는 철학적 존재론과 닿아있는 시이고, 존재시는 철학적 현상학과 닿아있는 시이다. 우리 시단은 존재론시와 존재시를 구별하지 못함으로써 혼란을 겪고 있다.

철학적으로 존재론은 흔히 일상에서 말하는 '존재'의 의미가 아니다. 일상에서 말하는 '존재'는 현대철학에서 보면 '존재자'를 의미한다. 존재자란 글자 그대로 '존재하는 것'의 의미이다. 존재하는 '것'이라는 말은 동사적(생성적) 의미의 존재를 명사적(개념적) 의미로 사용한 것을 말한다. 존재자는 쉽게 말하면 사물(Thing)의 의미로서의 존재이다. 진정한 의미의 존재는 '사물'이 아닌 '존재사건(Event)' 혹은 '존재사태(Ereignis)'를 의미한다. 한국시단에서 '존재 시'의 대표로 김춘수의 '꽃'을 들고 있는데 이는 존재론의 세계적 이해와는 동떨어진 것이다.

'꽃'이라는 작품에서는 '꽃'에 '이름'을 붙여줌으로써 '존재'가 되었다고 노래하고 있는데 '이름'이 '존재'인 것처럼 사용하고 있는 사례이다. 이와 대조적으로 몸짓, 향기, 빛깔은 존재가 아닌 것으로 말하고 있다. 이는 완전히 존재론을 거꾸로 이해함으로써 '존재자'를 '존재'로 말하고 있는 것이다. 몸짓, 향기, 빛깔이야말로 '존재'이고 이름은 '존재자'이다. '존재 시'는 사물의 근원에 있는 역동적(유동적)인 본래존재를 특별히 환기시키는 종류의 시를 말하는 것이 되어야 한다.

시는 본래 존재론적인 기반위에서 출발하고 있다. 따라서 존재론시를 굳이 따로 말할 필요는 없지만, 김춘수시인의 '꽃'과 같은 시를 존재시라고 규정하면서 이를 존재론시의 의미로 해석하는 것은 일종의 역설이며 망발이다. 시는 간단히 말하면 '(일상적) 이름'을 추구하는 예술행위가 아니다. 오히려 '몸짓'이나 '향기'의 존재성을 추구하는 것이기 때문이다. 만해의 '님의 침묵'과 같은 것이 바로 존재론시이다. 철학부재의 한국에서 일어날 수 있는 해프닝이라고 말할 수 있다.

시와 철학의 경계를 제대로 이해하는 것은 쉽지 않다. 또한 이들의 경계를 왕래하는 것은 더더욱 어렵다.

시는 우선 감정이 일어나야 하는 것이다. 그런 점에서 동양의 시론이 흥興을 가장 먼저 기초로 내세우는 것은 탁월하다. 감정이야말로 진짜 있는(본래존재) 것이고, 나머지는 그 뒤에 구성한 것이다. 여기서 구성이라는 것은 이미 지적知的·이성적理性的 구성(존재자)을 의미이다.

시는 그 시를 쓴 사람의 거울(몸과 마음의)과 같다. 시는 그 사람을 스스로 드러내는 작업이다. 여기에 시를 쓰는 기교(기술적 능력)가 들어가지만, 결코 기술이 앞설 수 없는 것이 시라는 장르의 특성이다. 그런 점에서 소설과 시는 다르다. 간혹 시를 좀 쓰는 시인들이 말장난을 하는 경우도 있지만, 그런 장난은 결코 스스로를 감동시킬 수 없기 때문에 오래 지속하기 힘들다.

시는 신체적 존재로서의 인간이 몸과 마음이 하나되어, 인생전체를 동원하여 표출하는 전인적 예술이다. 그런 점에서 시는 이론과 실천이 따로 있는 철학이 아니라 시를 쓰는 행위 자체가 실천이고, 세계와의 교류이고, 자기 나름대로 세계와 하나 되는 존재 자체의 울부짖음이고, 부름이고 호소이다.

시적 사유, 시적 은유는 결국 종교의 초월적 경지에 이르게 한다. 그럼 점에서 시는 존재론적 지평의 사유이다. 시는 노래 속에 철학을 숨기고 있다. 시는 형상(이미지) 속에 철학을 숨기고 있고, 역사를 숨기고 있고, 본래존재적 의미를 숨기고 있다고 해도 과언이 아니다.

이 시집은 나의 12번째 시집으로 크게 4장으로 구성되어 있다. 1장 존재의 시, 2장 욕망의 시, 3장 사회풍자시, 4장 차시茶詩가 그것이다.

'존재의 시'는 존재론의 경지에 도달한 시를 말한다. '욕망의 시'는 아직도 소유욕에 빠져있거나 소유와 존재의 경계에 있는 시를 말한다. 그렇다고 소유욕을 경멸하는 것은 아니다. 욕망은 부정할 수 없는 인간현존재의 조건(바탕)과 같은 것으로서 그것이 있기 때문에 극복과 제어, 조절을 필요로 하는 긍정적인 의미가 있다.

'존재의 시'에 처음 소개된 '타향에서'라는 시는 이 시집을 있게 한 시이면서 '종자와 시인'박물관 야외 시공원에 시비로 세워진 시이다.

'타향에서'는 시인의 존재론적 현사실성을 표출한 작품으로서 존재라는 것의 본질적인 모순성을 노래한 시이다. 존재는 항상 타향이면서 고향이고 고향이면서 타향이다. 이는 필연적으로 현상학적일 수밖에 없는 인간현존재의 삶의 이분법二分法—유무有無, 정반正反, 생사生死, 시종始終, 선악善惡 등을 노래한 시이다.

현상학적이고 역사적인 삶의 이분법은 항상 여반장과 같은 것으로서 본래 하나인 자연의 바탕 위에서 인간의 인식지평 혹은 지평의 융합을 통해 표출되는 세계이다.

'자유로를 달리면'은 타향에서와 같은 비중으로 다루어진 시이다. 자유는 개인이 누리지 않으면 안 되는 인간존재의 기본적 권리이자 도덕적 당연이다. 자유는 문명을 기준으로 볼 때, 자연의 다른 말이다. 이

시의 2절 4장에 나오는 "만남의 광장이 있다지/통일 각이 있다지"라는 구절은 '만남과 통일'이라는 인간의 존재일반의 삶의 행태이면서 순간, 순간의 목적이자 영원한 희망이다.

'아름다운 막달라 마리아'는 신체적인 욕망을 종교적 초월로 전이시키는 막달라 마리아의 감추어진 희생과 역할을 그려보았다. 인간과 자연의 신체가 인간을 통해서 시의 은유를 통해 승화됨으로써 구원과 안식을 도모하는 것만큼 아름다움은 없는 것 같다.

'주여, 더 이상 갈 곳이'와 '사람은 땅에 묻히면서도'는 시적 경지가 종교적 구원의 경지와 맞닿는 시이다. 이 시는 절망의 시이면서 동시에 희망의 시이기도 하다.

다른 시편들도 인식의 이분법二分法에서 삶의 이중성二重性으로의 이행移行을 표현한 시들이다. '신과 인간은 쌍둥이' '구성과 해체' '비움과 나눔은' '슬픔인 듯 기쁨인 듯' 등은 그러한 대표적인 시이다.

'집으로 돌아오는 두 갈래길'은 일상을 담담하게 노래한 시이다. 길은 언제나 가는 길이 있고, 오는 길이 있을 수밖에 없고, 동시에 그 길은 달라 보이지만 결국 '집'이라는 알파와 오메가에 도달하는 경과과정을 의미한다. 인간의 집을 크고 작음이 있고, 우주宇宙 또한 결국 집 우(宇=시간), 집 주(宙=공간), 즉 '집'에 불과하다는 의미를 내포하고 있다. 우주의 순환성과 회귀성을 표현한 시이다.

제2장 '욕망의 시'는 우선 욕망을 긍정하고 있다. 욕망의 시는 남녀의 성적 욕망을 시적으로 승화시키는 한편 마치 '사물시'처럼 사물을 은유적으로 사용하기보다는 마치 미술의 오브제처럼 이미지를 사용하고 있다. 오브제적인 이미지들은 독자에 따라 서로 다른 의미 혹은 다양한 의미로 읽을 수 있게 했다. 오브제 작업의 즉물성에는 '물신적物神的 즉물성'과 '신물적神物的 즉물성'이 있다. 물론 여기서는 신물적 즉물성과 통한다.

'시는 누드다' '냇돌' '배꼽아래 빅뱅' '이브의 살 신성인' 등의 작품은 신체의 육체성이 아닌 존재성을 부각시키려고 노력하였다. 시는 관념이나 가상이 아닌 존재 그 자체에 대한 심물일체적心物一體的 태도의 소산이라는 점에서 심물존재, 심물자연의 세계관·존재관을 선보이는 시도를 했다. '신음소리', '오르가즘'은 본래존재로서의 인간과 소리의 우주, 그리고 그것의 상징성과 기호성을 표현한 시이다. 과학기술시대가 될수록 신체에서 흘러나오는 소리만큼 자연을 깨우쳐주는 사건은 없을 것이다.

제 4장 사회풍자시는 역사와 사회에 대한 나의 관심을 드러낸 시이다. 나의 역사·사회적 입장이 은연중에 표출되어 있다. 제 5장 차시茶詩는 취미의 미학과 고상함과 관련된 시편들을 모았다. 커피가 '욕망과 빠름의 미학'에 속하는 음료라면 차茶는 '청허와 느림의 미학'에 속하는 음료이다.

차 전문월간지 '차의 세계' 편집주간을 맡으면서 세계선차문화교류대회를 비롯하여 중국과 일본, 그리고 한국의 서울과 지방의 차 생산지와 행사장을 오가면서 사이사이 읊은 몇 편을 모았다.

나는 시를 쓰는 이외에 문화인류학자, 철학인류학자, 차茶문화연구가, 무예武藝문화연구가로서 독자적인 영역을 개척하는 삶을 살아왔다. 곳곳에 삶의 편린片鱗들이 반짝이고 있음을 되돌아 볼 수 있었다.

돌이켜 보면 나는 본래부터 철학적인 소질을 타고난 것 같다. 그래서 일생을 통해 보면 자연스럽게 철학시를 썼다고 해도 과언이 아니다. 철학적 의미소素나 철학소素가 머리에 스쳐지나갈 때 그것을 형상화하는 욕망이 생기기 일쑤였다. 시가 굳이 철학이 될 필요는 없지만 철학시도 시의 한 종류로서 자리매김하는 것이 한국시의 발전에도 도움이 될 것이라고 생각한다.

이번 시집은 나의 12번째 시집이다. 12수는 우주의 순환을 상징하는 수이면서 동시에 초월을 기다리는 수라는 점에서 뜻깊다. 대기만성大器晩成의 수라고 하면 어떨까.

그동안 발표한 1천여 편의 시 중에서 3편이 독자들과 애호가들에 의해서 시비詩碑, 시탑詩搭으로 세워지는 과분한 대접과 행운을 받았다. '독도' '대모산' '타향에서'가 그것이다.

'대모산'은 글자 그대로 대모大母 혹은 지모地母를 섬기는, 자연을 지모로 보는 관점의 시이다. '독도'는 결국 인간은 바다에 홀로 떠있는 섬과 같은 존재라는 인생관이 배어있는 시이다. '타향에서'는 결국 언제가 죽을 수밖에 없는 인간은 이 세상을 타향으로 볼 수밖에 없다는 존재관이 숨어있다.

이 시들은 나의 최근 철학인 〈알(생명)-나(자아)-스스로(자연, 문화, 삶)-하나(큰 나)〉와 내밀하게 만나게 된다. 〈대모산=알(생명), 독도=나(자아), 타향에서=스스로, 하나(큰 나)〉로 짝 지을 수 있을 것이다. 생명의 관점에서 세계를 돌이켜보면 '생명(알)'이야말로 하나님이고, 알파요, 오메가이다. 아무튼 시인이 된 것은 행운이다. '본래존재'로 돌아갈 수 있었으니까.

『타향에서』라는 이 시집의 의미를 존재론적으로 읽은 독자라면 '존재의 타향에서'를 떠올리는 것이 마땅하다. 존재의 입장에서 보면 삶은 항상 타향에 있기 마련이다. 고향은 항상 마음의 고향일 수밖에 없다. 실체의 고향이 있어도 마음에 없으면 없는 것이나 마찬가지이기 때문이다.

현상은 무엇이고, 존재는 무엇인가. "존재적으로 가장 가까운 것은 존재론적으로 가장 먼 것이다"라는 하이데거의 말이 떠오른다. 그러나 태생적으로 초월적인 사유를 하지 않을 수 없는 인간은 존재마저도 초월적인 위치에 올려놓을 위험이 있다. 하이데거도 예외가 아니었다. 존재는 바로 생멸하는 자연이다. 인간의 연구대상이나 이용의 대상이 되는 자연이 아니라 인간을 둘러싸고 있는 자연이 존재이다.

인간이 아무런 목적 없이 바람소리, 새소리 들리는 자연을 휘둘러볼 때의 자연이 존재이다. 존재는 일자一者가 아니라 일여一如이다. 존재는 환유가 아니라 은유이다. 그래서 시인은 가장 존재에 가까운 족속이다.

어느 유명한 소설가의 푸념을 들은 적이 있다.

"소설은 아무리 잘 써도 소설의 문장을 외우는 사람이 없다. 그러나 시는 항상 전편을 낭송하는 사람이 있다. 시인은 그래서 죽어서도 살아있다. 행복하다."

시인으로 태어나서 시인으로 죽는 것은 행복하다. 그런 점에서 시는 안식安息이다.

흔히 대중가요 가수들은 자신의 첫 히트곡이 자신의 인생과 운명을 결정한다고 한다. 말하자면 히트곡 속에는 예언적 의미가 깃들어 있는 셈이다. 그러한 예언으로 미래를 현재로 앞당겼기 때문에 그것이 히트곡이 되었다고 역으로 말할 수도 있다.

나에게 '독도獨島' 시는 운명과 같은 시이다. 별 생각 없이 쓴 시가 그 후 10여 년쯤 지나 독도박물관에 독도시비로 세워졌으니 말이다. 그 시 구절 중에 "바라볼 건 일출이요, 들리는 건 파도와 괭이갈매기의 울음소리"라는 구절이 있다.

좌선하고 있는 돌섬을 노래했더니 그만 내가 독도가 되어버린 것 같다. 나는 지금 바다 중앙에 떠 있는 섬의 신세 같다. 그러나 해인海印에는 도달하지 못한 선사禪師라는 말인가.

강남구 대모산에 시탑으로 서 있는 '대모산'시는 산을 '일상의 어머니 혹은 아내의 품'처럼 노래한 시이다. 시 구절 중에 "높지도 않고 낮지도 않게 평평히 누워있는 산" "알토랑 아낙 같은 산"이라는 구절이 나온다. 친구들이 더러 대모산에 등산이라고 할라치면 나에게 시를 보았다고 사진을 찍어 보내준다. 그것도 보람이라면 보람이고 기쁨이라면 기쁨이다.

가장 최근에 들어선 경기도 연천군 '종자와 시인' 박물관에 세워진 시비는 '타향에서'이다. 인생은 결국 낯선 타향에서 살다가 고향으로 돌아가는 귀향이 아닐까? 이상으로 쑥스럽지만 자신의 시에 대한 자평自評을 마친다. 후배들에게 부탁하고 싶은 것은 자신의 뇌腦 속에 갇혀서 살지 않기를 바랄 뿐이다. 존재는 존재가능성이고, 존재는 항상 열려있다는 점을 잊지 말기 바란다. 존재는 지금도 생성하고 있다.

지난 연말 필자는 철학인류학의 철학적 결산이라고 할 수 있는 『신체적 존재론』[1](2020년)을 펴냈다.

---

1 박정진, 『신체적 존재론』(살림출판사, 2020)

이에 앞서 『위대한 어머니는 이렇게 말했다』[2](2017년), 『네오샤머니즘』[3](2018년)을 펴냈다. 최근 몇 년간 펴낸 일련의 철학적 결과물이다. 올해 들어 '타향에서' '차의 인문학'을 펴내면서 시의 결산과 차문화 연구의 결산을 얻게 된다. 이로써 인류학자·철학자로서, 시인으로서, 문화연구가로서의 결실을 얻게 된다.

시인은 직업적으로는 이미 사라진 직업이다. 그런 점에서 직職이라기보다는 업業과 같은 것이다. 돈이 되지도 않는 시를 쓰는 시인의 행위는 어떤 보상을 바라는 것도 아니다. 그렇다고 개인의 자기위로에 그치는 것도 아니다. 아무튼 시를 쓰면서 삶을 영위할 수 없다. 시적 재능을 가진 자가 현대에 가장 잘 적응했다면 광고카피라이터일 것이다. 후기자본주의─산업화시대에 광고는 넘쳐난다. 아마도 시가 문화의 대종을 차지했을 때는 오늘날 광고와 같은 대접을 받았을 것이다.

다른 직업을 가지긴 했지만 생의 많은 시간을 무

---

2 박정진, 『위대한 어머니는 이렇게 말했다』(살림출판사, 2017)
3 박정진, 『네오샤머니즘』(살림출판사, 2020)

상無償의 행위인 시를 쓰면서 보낸 나로서는 시를 사랑하지 않을 수 없다. 시를 쓸 때 가장 존재감을 느끼는 것만으로도, 본래존재를 회복하는 것만으로도 행복이라고 느낀다. 시인이야말로 '인생의 월계관(가시면류관)'이다. 시인에게는 천국과 극락보다 현재적 삶이 더 중요하다. 시인은 현재에서 그것을 미리 맛보는 지도 모른다. 그런 점에서 시인은 대중적 플라토니즘 혹은 대중적 종교의 상징적 순교자라 할 수 있을 것이다.

천국과 극락은 은유로 표현된 세계이다. 천국과 극락은 대중적 꿈이고 희망이기도 하다. 천국과 극락이라는 은유를 사후死後세계의 환유로 생각하는 것이 또한 대중적 욕망이기도 하다. 말하자면 천국과 극락은 '대중적 시(종교, 철학)'라고 할 수 있을 것이다.

우리시대의 시인은 우리시대의 초인超人이라고 할 수 있다. 니체는 어린이의 마음을 가진 어른을 초인이라고 하였다. 자신의 삶을 자유자재할 수 있는 시인─초인이야말로 인간의 삶의 최종목적지인지 모른다. 그런 점에서 나는 시를 쓰면서 생을 마칠 각오이다. 시여, 은유여! 영원하라!

흔히 서양의 철학이 과학철학(=現象學)에서 열매

맺었다면 동양은 시詩철학(=道學)에서 꽃을 피웠다고 한다. 시는 인류문명사에서도 과학과 대등한 위치를 점하는 문화장르이다. 인간이 살아있는 한, 시는 영원할 것이다. 시는 존재 그 자체로 안내하는 일상의 신화이기 때문이다.

나는 현대과학기술문명을 〈사물(thing)−시공간(time−space)−텍스트(text)−기술(technology)〉로 연쇄되는 특징을 가진 문명, 즉 〈4T문명〉으로 규정한 적이 있다. 인간으로 하여금 4T의 족쇄로부터 벗어나게 하는 유일한 길(道)이면서 힘은 시詩에 있다. 시는 현대인이 되살려내야 하는 존재의 힘이면서 인간의 가장 고유한 힘이다. 시인이여, 힘을 내라!

陽陰 서양	남성 腦	이분법 二分法	현상 (生/死)	散文-환유〈換喩〉-존재자	현실 성욕	종합 (정반합)-유물기계론-科學
陰陽 동양	여성 身體	이중성 二重性	상징 (生滅)	詩-은유〈隱喩〉-존재사건	꿈 죽음	자연 (生滅)-詩 신체적 존재론

〈인류문명의 관점에서 본 동서양문명과 詩〉

순우리말철학의 완성(알-나-스스로-하나)				
명사세계	알(egg, sun) : 생명, 태양	나(ego, I) : 자아, 주체	스스로(自, self) : 자연, 자신	하나(한, oneness) : 자신, 우주
동사세계 명사+하다 (되다)	알다(알+하다) (know)	나다(나+하다) (born)	스스로하다(ㅅ +·+ㄹ=살/살다 (살+하다)(live)	하나 되다, 하나하 다(한다, 창조한 다, 하나님, 하느 님)
생성존재 세계	알(우주) 생성되다	태어나다 존재하다	자연(進化)하다 문화(文化)하다	하나 되다(爲一) (become one)
영어개념	Genesis	birth	becoming- being	doing-becoming doing-being
문화권별 세계관	천부경=無始 無終/人中天地 一	자신(自身- 信-新-神)	불교=無, 空 도교=無爲自然	기독교=有始有終/ 有爲, 人爲
자연회귀 (自然回歸)	**선도자연 (仙道自然)**	**도법자연 (道法自然)**	**불법자연 (佛法自然)**	**신법자연 (神法自然)**
철학핵심 (哲學核心)	원시반본 (原始反本)	무위자연 (無爲自然)	불생불멸 (不生不滅)	창조종말 (創造終末)
위인성신 (爲人成神)	자신(自身)	자신(自信)	자신(自新)	자신(自神)

세계를 자신(自身)으로 볼 것이냐, 타자(他者)로 볼 것이냐, 이것이 문제이다.

'스스로 하다'는 '살다(삶)'가 된다. ㅅ+·+ㄹ==살이고, 살을 사는(하다) 것이 삶이다.

자연에서 태어난 존재인 인간에게 가장 큰 하나(하나님)는 자연일 수밖에 없다.

자연은 진화(進化)하고 문화는 문화(文化)한다. 문화는 항상 새로운 텍스트를 쓴다.

자연은 생존경쟁하지만 인간은 권력경쟁을 한다. 인간은 앎(지식체계)의 존재이다.

니체는 영원회귀(永遠回歸)를 주장했지만 필자는 자연회귀(自然回歸)를 주장한다.

〈박정진의 순우리말철학〉

부록 2
천부경과 신천부경(新天符經)(박정진, 2009년 2월 1일 제정)

天符經

一	始	無	始	一	析	三	極	無
盡	本	天	一	一	地	一	二	人
一	三	一	積	十	鉅	無	匱	化
三	天	二	三	地	二	三	人	二
三	大	三	合	六	生	七	八	九
運	三	四	成	環	五	七	一	妙
衍	萬	往	萬	來	用	變	不	動
本	本	心	本	太	陽	昂	明	人
中	天	地	一	一	終	無	終	一

新天符經

無	時	無	空	無	大	無	小
動	靜	易	動	理	氣	神	學
意	氣	投	合	萬	物	萬	神
萬	物	萬	神	意	氣	投	合
天	地	天	地	陰	陽	天	地
自	身	自	信	自	新	自	神
二	一	三		五	行	八	卦
人	中	天	地	一	風	流	道
巫	儒	佛	仙	道	天	地	教
鬼	仁	慈	自	無	神	中	道

心中 朴正鎭 制定 (2009年 2月 1日)